귀여워서 INFP

MBTI

마이어스-브릭스 유형 지표라고도 말하며, 융의 초기 분석심리학을 바탕으로 하여 1944년에 개발된 성격 유형 검사다. 인간의 성격을 16가지의 유형으로 나누며, MZ세대들에게 자신을 발견하는 심리 테스트로 유행하고 있다.

INFP

내향형, 직관형, 감정형, 인식형의 종합. MBTI 16유형 중 하나이며, 내향적이고 이상적이며 감정적으로 섬세한 면이 특징이다. 흔히들 예술가형이라고 부르며 자유분방하고 내면의 열정이 가득하여, 매우 사랑스럽고 귀여운 유형이다.

그러니 귀여워서 INFP이다!

목차

PART 1.

INFP의 세계로 들어가기

평화로웠던 일상이 뒤틀렸다. 아니, 뒤틀린 것은 일상이 아니라 나 일지도 모른다. 어린이에서 벗어난 순간부터 나는 그러했다. 이제는 고독의 동굴에 앉아 저 너머의 한없는 평온함을 바라본다. 세상은 아름답고, 나는 불행을 곁에 두고서 세상의 빛을 멀찌감치 바라보기만 하는 처지였다.

균열은 멀지 않은 곳에서부터 시작됐다. 불행을 처음 마주한, 그날의 저녁에 내가 목격한 부모의 눈물은, 다음날 해가 뜨도록 그치지 않고 있었다. 부모는 언제나 고통에 잠겨 있던 터라, 나는 내가 슬픔으로 빚어진 존재라는 것을 따로 귀띔해주지 않아도 쉽게 깨달을 수 있었다. 지나고 보니 부모 중 한 명이 집을 나갔을 때, 당시의 내가 그의 마음을 존중했더라면 더 좋았겠다는 생각이 든다. 그가 감당하는 고독이 곧 내 것이 되리라는 걸 알았더라면 그의 좌절, 분노, 짓눌린 감정 따위를 조금이라도 이해하기 위해 노력했으리라. 아쉽게도 당시의 나는 무척 어려서, 부모의 감정을 담아낼 수 있는 그릇이 완성되지 않은 상태였다. 어렸던 내게 세상은 오로지 부모뿐이었는데, 그들의 세상에는 나만 있는 것이 아니었다. 나의 세상은 온통 비탄으로 뒤덮인 숲속 같았다. 부모의 어깨에 잠깐이라도 기댈 수 있었다면……. 그랬다면 나는 일그러진 모습으로 살지 않았을지도 모르겠다.

괴물. 그들은 이따금 나를 그렇게 불렀다. 기분이 좋을 때는 '어딘가에서 주워와서 버리려다가 만 애'로 나를 불렀다. 이외에도 여러 별칭이 있었는데, 나는 나를 수식하는 어른들의 절망과 기괴함의 어디쯤에서 허우적대야 했다. 나를 부르는 '그런 애', '어떠한 애'. 나는 그 어떠함을 내면의 고독 속으로 받아들이며 정체성을 형성했다. 그렇게 어두워진 괴물의 속내는 물 얼룩처럼 짙어지는 애처로움을, 죽음이라는 동경을 향해 내뱉곤 했다. 수치심의 포장지를 뒤집어쓴 채 몸이 훌쩍 자라버렸다.

원하지 않은 짐을 벗어 던지고 가벼워질 수 있을까. 묵직한 마음을 안고서 조심스레 MBTI의 문을 열었다. 타인에 의해 정의된 나를 덜어내자 암흑 속에서 우두커니 서 있는 자아를 발견할 수 있었다. 울고 있거나 몸을 웅크리지 않고, 다만 상처의 시간에 경직돼 멈춰 서버린 나를. 나는 오래전 얼음관에 누여진 사람과도 같았다. 내가 현실에서 슬픔의 바다를 유영하고 있었을 때, 자아는 그 운명을 알아차리고 삶의 기운을 멈춰가고 있었나 보다.

내가 누구인지 비로소 깨닫게 되자 그와 손을 잡는 일이 잦아졌다. 나는 그에게 곧잘 안부를 물었다. 또 내 부모와는 다르게 나를 힘껏 끌어 안아주었다. 우리는 안부 이상의 대화를 이어갔고, 이제는 서먹한 관계에서 조금은 친숙한 관계로 발전했다. INFP로 밝혀진 나는 아니 우리는, 이전에 생각했던 것과는 약간 다른 미래를 만들어보기로 했다. 종잡을 수 없는 분노와 슬픔이 마음 어디에선가 움트는 기운이 느껴질지라도, 결코 서로의 손을 놓지 않는다는 것을 전제로 하면서.

INFP는 왜 가난할까?

나와 비슷한 처지의 S가 있었다. 사실 비슷하다고 말하기에 그를 둘러싼 환경은 더 비참했다. S를 만난 건 초등학교 1학년 때였는데, 그는 갖가지 소문 속의 주인공이었다. 계모와 산다느니, 그 계모가 술집 여자라느니, 친아비는 가출을 일삼거나 술을 마시며 집안을 뒤집어엎는 건달이라느니, 형은 학교에서 방출당해 주유소에서 알바 중이라는 식이었다. 이처럼 불우한 운명이 어린아이의 머리 위에 그림자를 덮고 있었으나, S의 속내에서는 이에 맞설만한 야망이 불타고 있었다.

대다수 사람들이 그에게 손가락질할 때, 외딴섬처럼 지내던 나만큼은 그에게 별다른 선입이 없었는데 S는 이런 나를 마음에 들어 했다. S는 우리 집에 놀러 와 자주 밥을 먹었고, 토요일에는 특식으로 자장면을 시켜 먹기도 했다. 우리는 서로 다른 동네에 있었지만 같은 집에 사는 것만 같았다. 가끔은 그가 숨겨진 나의 이복형제가 아니었을까 하는 상상까지 할 정도였다. S가 가난하다는 손가락질을 받을 때면 나는 그의 손을 잡고 무작정 뛰었다. 가난의 소리로부터 탈출해 풍족함도 빈곤함도 없는 우리만의 우주를 향해 달려갔다.

　S는 가난하지 않으려면 자신만의 무기를 가져야 한다고 말했다. TV를 틀어 보더라도 배우는 연기를 잘하고, 가수는 노래를 잘하고, 댄서는 춤을 잘 추듯이. 자기의 재능을 한껏 살려서 성공한 어른이 되고 싶다고 했다. 그러면 자연스레 가난이 사라진다면서. 나는 S가 말한 의미를 도무지 이해할 수 없었다. 나는 책을 좋아했지만, 그것만으로는 결코 성공할 수 없다는 것을 알았기 때문이다. 함께 고심하던 S는 글을 쓰라고 했고 나는 시를 몇 편 써서 보여주었다. S는 내 글이 썩 잘 쓴 것도, 못 쓴 것도 아니라서 상당히 애매한 재능을 가지고 있다고 말했다. 나는 갸우뚱하던 S의 표정을 잘 읽고, 시 쓰기를 포기했다.

S는 고등학생이 되면 춤을 추고 노래를 하는 직업을 갖고 싶다고 했다. 빨리 유명해지는 만큼 가난에서 빨리 벗어나기도 쉬워지리라. S는 곧 음악을 하는 데 있어 중학교의 과업들이 방해하지 않는 곳으로 진학했다. 솔직히 말하자면 그의 솜씨는 그저 TV를 보며 유명 가수들의 춤을 따라 추는 수준에 지나지 않았는데, 그의 애매함을 지적하면 그가 무너져 내릴 것만 같아서 나는 침묵을 유지했다. 그렇게 그는 나와 어울렸던 세상에서 멀어져 갔다.

나는 여전한 부족함을 껴안은 채, 글쓰는 사람이 되었다. 어떻게 보면 작가가 되고 책을 펴냈으니 어린 시절의 바람을 이룬 셈이라 볼 수 있지만, 그렇다고 해서 가난함의 꼬리를 완전히 벗어나진 않았다. 인생의 여러 가지 속박에 비하면 바라던 바를 이룬 것일 뿐인, 자그마한 성취일 뿐이었다. 그래도 하고 싶은 일을 하며 사니까 다행이라고, 스스로 위로하기도 했다. 그러다 문득 S의 소식이 그리울 때면 그의 SNS에 들어가보곤 했다. 아직까진 TV에서 그를 보지 못했는데, 그는 그토록 바라던 성공을 이루었을까.

결과적으로 S는 부모로부터 이어진 가난의 대를 끊어냈다. 그는 음악을 하고 있었고 유명해지진 못했지만, 다른 방향으로 물꼬를 터서 종종 자신의 기타 연주 영상이나 드럼 사진 등을 꾸준히 올렸다. 어렸을 때 잘생긴 축이었던 S는 수더분한 더벅머리의 아저씨가 되어 있었다. 그의 짤막한 글들을 읽었다. S는 이제 재정적으로 부유한 성공보다 느릿하더라도 정직하게 이룰 수 있는 자신만의 길을 걷고 싶어 했다. 그 과정에서 S는 레슨할 수 있는 실력을 쌓았고, 다양한 결과물들이 점차 빛을 발하고 있었다. 기타를 신나게 연주하는 S의 영상을 보면서 결핍의 그림자가 더는 그에게 드리우지 않음을 느꼈다. S는 진짜 성공했구나. 예전에 S는 이렇게 말했더랬다.

"너는 성실해. 그 성실함이 너를 성공시킬 거야. 지금은 네가 어려서 서툰 글밖에 못 쓰겠지만, 커서 분명 너는 훌륭한 작가가 될 거야. 두고 봐. 나도 꼭 유명한 가수가 되어서 배고프지 않게 살 테니까. 그때쯤 우리 다시 만나자. 나는 너에게 CD를 선물해주고, 너는 나에게 시집을 선물해주고. 우리 그때까지 사인을 연습해두자. 서로를 잊지 않도록."

근래 들어 글이 잘 써지지 않는다. 가난한 작가는 근면해야 할 텐데, 구태여 노력을 기울이지 않아도 유려한 문장을 그려낼 수만 있다면 좋겠다. 어설픈 재능이 시간을 썩혀 간다. 비쩍 마른 통장이 쓰다 만 원고의 끄트머리를 쳐다본다. 줄곧 내 재능의 애매모호함을 지적하던 S가 딱 한 번 나를 칭찬한 적이 있다. 부단히도 쓰려는 의지가 나를 결핍으로부터 해방시킬 것이라고. 나의 유일한 장점은 성실함이라고. S의 처음이자 마지막 칭찬이 지금껏 글 쓰는 삶으로 인도해주었는지도 모른다. 길라잡이와도 같은 S의 말, 그가 남긴 흔적, 다정함. 이를 다시금 떠올리면서 오늘의 궁핍함을 다스려본다.

직장에서도 혼밥에 당당해지고 싶어

사람들은 으레 관계의 이음매가 끊어지는 것을 두려워한다. 한국에서 밥은 이음매의 은유다. 사람들은 혼자서 밥 먹는 것을 주저하고 혼자서 고기 먹는 것을 망설인다. 고독을 사랑하는 자는 이해하기 힘든 것이지만, 그래도 타인과 유연하게 어울리기 위해서는 반드시 내 가치관을 버리거나 타협해야 하니 어쩔 수 없다. 이것을 두고 '융통성'이나 '친화력'이라 볼 수 있는데, 내게는 이런 것들이 유독 어렵다. 영민하지 못한 관계의 선은 위태로운 모서리를 생성하고, 단절로 위협하며 나를 짓누른다. 우리가 우리인 채로 남으려면 조금이라도 아집을 내려놓아야 하건만, 우리의 간격에는 하고많은 사연과 분위기들이 얽매여 있어 영 쉽지 않다.

"우리 같이 밥 먹을래?"라는 일말의 조심스러움도 없이 다가오는 식사 자리는 대체 내게 무엇을 바라는 것일까. 나는 이따금 벌어지는 회식 자리에서의 연합이 무척 당혹스러웠다. 그게 표정으로 드러났는지 숨죽여 밥 먹는 내내 사람들의 다양한 말들이 쏟아졌다. 걱정으로 지레짐작한 말들은 어느새 "한잔해"와 같은 말 따위로 갈무리되고, 나는 씰룩거리는 언어들만 입가에 머금고 있다가 "죄송합니다"라는 귀결로써 눈총받는다. 가득 채워진 술잔 위로 타인의 시선들이 두둥실 떠오른다. 잔 속의 술은 이 시선들을 일그러뜨리며 가슴 속으로 파고든다. 그들에게 나는 어울리기 까다로운 사람이 됐을 테다.

언젠가 한 번은 회식 자리가 해삼탕 집으로 잡힌 적이 있다. 사실 난 해산물을 잘 먹지 못한다. 비린내를 맡으면 나도 모르게 구역질이 올라오기 때문이다. 회식 자리의 메뉴는 이사였던 박이 정한 것이다. 박에게는 다른 이들의 의견 같은 건 필요하지 않았다. 회식의 날짜가 오늘, 한 시간 뒤인 것도 오직 박의 의견에서 비롯된 것이다.

가서 나는 먹을 수 없는 음식들 차려진 식탁에서 애꿎은 사이다병만 만지작댔다. 내가 먹을 수 있는 것이라곤 이것밖에 없었다. 해물의 대향연이 펼쳐진 식탁은 마치 "너 같은 건 어디에도 낄 수 없어"라는 엄포처럼 느껴졌다. 그리고 먹을 수 있는 음식이 한정된 자신이 무척 부끄러워졌다. 체온 탓에 병이 미지근해지면서 표면에 맺힌 물방울이 흐를수록, 이를 따라 내 영혼도 녹아서 흘러내렸다. 결국 굶고 있던 나를 위해 추가된 음식은 어린이 돈가스였다. 나는 천연덕스럽게 그 자리에서 돈가스를 다 먹어 치워버렸다. 우적우적. 무례함의 화살촉들이 입 안에서 데굴데굴 굴러간다.

그런가 하면 정반대의 일들도 벌어졌다. 지고지순하기까지 한 회사 동료. 정. 서로에 대해 살갑다 못해 애잔하기까지 하던 우리는, 각자의 끼니를 살뜰히 챙겨준다. '우리'로 묶인 운명은 오래되지 않아 스러지고 말았으나, 박을 제외한 이들은 서로가 인생의 따스한 흔적이 되리라 여겼다. 몇 개의 도시락과 그만큼의 끼니들. 어느 순간부터인지 나는 나만 아니라 다른 이까지 고려해야 한다는 생각에 많은 망설임이 생겨버렸다. 나는 그만 우리의 자리를 먼저 종료시켜 버렸다. 아쉬운 눈빛들이 여태껏 잊히지 않는다. 처음에는 식사를 건너뛰는 것으로, 두 번째는 급한 용무로, 세번째는 입맛이 없다는 핑계로 빠지자 우리의 이음매에는 여러 틈이 생겼다.

"단우씨는 왜 우리랑 밥을 안 먹으려고 해요?"

무리 중 하나인 김이 직접적으로 물어왔다. 그들의 눈이 한 번에 내 얼굴로 푹 꽂히는 게 느껴졌다. 하나라는 집단을 만들려는 노력으로부터 달아난 나는, 그들에게 반역자이자 죄인임이 틀림없었다. 적절한 대답을 해야 그들에게도, 나에게도 상처 주지 않고 넘어갈 수 있을 텐데. 김을 포함한 그들, 그리고 이 모임에 대한 해피엔딩. 내게는 나 혼자만의 식탁이 해피 스타트가 될 수 있다고 생각했다. 그러니 나는 무어라 대답할까 뜸을 들이고 망설이다가, 대충 얼버무리고 얼렁뚱땅 넘어가는 대신 솔직하게 나를 드러내기로 했다.

"나는 혼밥이 좋아서."

김의 의아한 표정을 뒤로 하고 조용히 문을 닫았다. 이런 표현이 자연스럽게 받아들여지는 날, 그때야 우리는 한 상에서 밥을 먹을 수 있겠지. 너의 젓가락에 들린 시금치가 내 숟가락 위로 얹어진 날에, 나는 입속에서 타인의 타액이 묻은 음식물이 부서지는 것을 느꼈고, 사실 그런 걸 매우 싫어하는 편이라고 말하고 싶었는데. 오후의 따스한 햇살 같은 '우리'인 채로는 이런 것들을 결코 말할 수가 없었다. 자신을 있는 그대로 온전히 드러낼 수 없는 식탁임을, 그리고 나는 우리의 식탁을 절대로 수용할 수 없는 좁은 그릇의 사람이라는 걸 깨달았기 때문이다.

　　나는 숨 가쁘게 먹지 말고, 오롯이 홀로된 기쁨을 잔뜩 누리기로 다짐하면서 식탁의 암묵적 규칙이라는 까다로움을 버리기로 했다. 원칙을 세우고 나니 식사의 정치에 휩쓸리는 일도 없다. 어쩌면 나와 같이 식사의 즐거움을 홀로 만끽하고 싶은 자들이 있지 않을까. 그 역시 혼밥을 즐기는, 혼밥 타임이 소중한 나와 같은 INFP일지도 모른다. 나는 아직도 타인과 식사를 하지 못한다.

E와 I 사이에 벽돌 하나

그때의 나는 작가가 되지 못했다. 여러 해 동안 묵은 원고들은 결국 세상 밖으로 표현되지 못한 채 그대로 찢겨버렸다. 드러나지 못한 언어들은 피어나려다 만 꽃봉오리처럼 뭉그러져 버렸다. 손끝에는 여전히 그 감각이 느껴지지만, 그것들은 실존하지 않는다. 실존하지 않을 것이다. 그것들이 건조해지고 내가 그것들을 보내줄 수 있기까지는 좀 더 시간이 걸리겠지마는, 나는 더 이상 낭만에 삶을 의존할 수 없었다.

당장에 부족한 것들—쌀, 물, 가스비, 수도세 등—을 채워야 하는데, 내 안에 가득한 것은 현실성과는 아무런 연관을 갖지 못했다. 초라한 인생은 시인이 되다 만, 자신만이 간직하고 있는 탐미의 세상에 빗장을 걸고 세상 밖으로 나오게 됐다.

서글픔을 뒤로 하고서 묵묵히 바코드를 찍고, 물건을 나르고, 빗자루질을 했다. 때로는 컴퓨터 앞에 앉아 타이핑을 치거나 아무도 상대하지 않으려는 무례한 고객을 도맡기도 하고, 퇴근 후 파들파들한 몸을 어쩔 줄 모르고 텅 빈 사무실에 남아 허무의 시간을 곱씹기도 했다. 돈을 던지는 사람, 돈 말고 물건을 던지는 사람, 혼자만의 힘으로 견딜 수 없는 사람과 사람들. 이전에 알지 못했던 일들을 겪으면서 내 안이 조금은 단단해질 줄 알았다.

그렇지만 나를 깊이 숨기고 감출수록 상처 입고 연약한 날개가 더 노출될 뿐이었다. 바깥을 경험할수록 내면으로 깊이 들어가게 됐다. 그렇지만 꼭 긍정적인 성찰이 이루어지지 않았다. 사회생활이란, 한편으로 세상으로부터 단절되고픈, 다소 폐쇄적이고 회피적인 마음을 자아내기 마련이었다. 나는 부족한 재능과 무능한 자신을 탓했다. 재능이 없기로 이런 사회생활을 하는 것이라고. 특히 불건강의 화두에 오른 재능은 자아의 외피를 겉돌며 마치 물과 기름처럼 시간과 낭비 위로 부유했다.

이쯤 되자 나는 곧잘 외톨이가 되었다. 핸드폰 번호를 바꾸고 아무에게도 연락을 취하지 않았다. 나는 세상으로부터 나를 고립시켰다. 그렇지만 고독이란 내게 익숙한 것이라, 사람들과의 단절은 전혀 낯설게 느껴지지 않았다.

어릴 때부터 나는 혼자였다. 그 까닭에 특별히 누군가가 가르쳐주지 않더라도 나는 고독 속에 자신을 숨기는 방법을 잘 알고 있었다. 밝은 어린이에 속하지 못해 어쩌면 자폐일 지도 모른다는, 염려 섞인 선생님의 면담 뒤로 어머니의 깊은 한숨이 내게로 와 박힌 적이 있었다. 다음날부터 나는 인형들과의 작은 안식처에서 벗어나 무리 안으로 섞여 들어갔다. 사람들에게 귀염을 받기 위해 활달한 성격이 필요하다는 것을 본능적으로 깨닫고부터는 외향의 폭을 넓혔다. 사람들 앞에서 나는 인격을 감춘 비밀의 그늘이었다.

어른이 되어서는 이런 게 생존에 그다지 유용하지 못했다. 아무개의 존재가 된 나에 대해 사람들은 별로 궁금해하지도, 관심을 가지려 하지도 않았다. 관심받기 위해서는 불특정 외인으로서 타인과는 구별된, 독특한 존재가 되어야 했는데 그런 것들은 이미 유년 시절에 인형의 집에 두고 나온 것들이었다. 햇살이 드리우면 그늘도 있는 법임을, 내 영혼을 통해 알아간다. 밝은 모습 이면에 자아는 늘 울고 있었다. 나는 자아에 위로 섞인 다독임을 얻지 못한 채, 시간과 죽음을 향해서만 걸어가고 있었다. 자아의 호흡이 멎기 전에야 비로소 나는 그의 눈물에 입을 맞췄다.

하루에도 많은 사람을 만나고, 소통하고, 얼굴을 맞댄다. 그들 없이는 세상이 제대로 돌아갈 리 없다. 그들과 보내는 시간의 양은 내 인생을 채우는데 아주 큰 비중을 차지하기도 한다. 그렇지만 나는 내 안에 숨겨놓았던, 시리도록 외로운 자신을 만나는 즐거움이 더 크다는 것을 안다. 그들에 묶여 있느라 사랑하지 못했던 자신을 들여다보는 시간이, 지금은 훨씬 더 가치롭다. 외향형 E와 내향형 I 사이에 벽돌 하나를 올려놓았다. 나를 지키면서 사회에서 살아남기 위해서는 내가 매우 높은 내향형이라는 비밀을 은밀히 지니고 있어야겠다.

그전까지 내가 어떤 외향적인 '척'을 하더라도 내 자아가 스스로 눈감고, 본심과 다른 이상한 자신을 견딜 수 있기를. 아멘.

손절을 잘하는 방법

개인적으로 '우리 사이에'라는 말을 싫어한다. 그건 어쩐지 너와 나를 정의하는 데 여러 개의 가름끈이 놓인 기분이 든다. 너는 어떻길래 우리 사이를 무엇이라 여기는 것이냐고, 되짚어 물어보고 싶은 마음이 굴뚝같지만 이내 목소리가 멎고 그는 돌아서기 마련이다. 그래, 우리 사이에 가름끈은 여기에 놓여 있구나. 관계의 연약성은 의도하지 않아도 어떻게든 드러나기 마련이다. 다만 우리의 인연이 여기까지인가 보다 싶어, 잠잠하게 그의 행복을 빌어주고 말 뿐이다.

최는 한때 십 대 시절을 공유한, 많은 시간을 함께 꾸려 나간 이들 중 하나였다. 스무 살이 되며 불현듯 해외로 떠났다는 소식을 들었고 한동안 최의 근황을 들을 수 없었다. 간혹 소문에는 최가 많이 변했다는 코멘트들이 여럿 달릴 뿐이었다. 사람이 변하면 얼마나 변할까? 눈이 내리는 날이면 눈처럼 하얀 피부를 한 최가 종종 그리워졌다.

그러다 최를 만나게 된 건 6년 전 한 카페에서였다. 최를 한눈에 알아본 나는 부리나케 달려가 최의 어깨를 톡 쳤다.

"나야! 반가워. 잘 지냈어?"

"응?"

"뭐야. 나 잊었어?"

내가 기억하고 있는 최의 미소는 온데간데없이 위아래로 훑어보는 따끔한 시선만이 가득했다. 묘한 긴장감이 우리 사이에 떠올랐다. 나는 다소 당황하여 말했다.

"별로 반갑지 않아?"

"그래."

최의 대답은 짧고 단호했다. 이어 나를 가볍게 지나쳐 카운터로 가더니 건조한 말투로 커피를 주문했다. 나는 어안이 벙벙해지고 정신이 온통 헤집어진 기분이어서 한참을 그 자리에 서 있었다. 입안에 얼음을 잔뜩 물고 있는 듯 멍해진 감각이 돌았다. 뒤이어 들어온 손님에 의해 열린 문이 종을 딸랑거리자, 최면에 깨어난 것처럼 몸을 움직일 수 있었다. 나는 무엇을 잘못 했을까.

"미안해."

최는 그런 말이 듣고 싶었는지도 모른다. 우리 사이를 특별하게 생각한 최에게 있어 나는 실망을 잔뜩 몰고 온 파렴치한 사람, 최의 기대를 한참 망쳐버린 흐리멍덩한 사람일지도 모르겠다. 최의 이런 반응이 있기 전까지 분명 나에 대해 여러 차례의 실망이 축적되었을 것이다. 최가 조금이라도 언질을 주었더라면 나는 바뀔 수 있었을까?

'사람은 변하지 않아'라고 누누이 말해 온 최의 목소리가 내 마음을 공허하게 떠돈다. 파편으로 자잘하게 흩어지는 우리의 추억들. 나는 여지껏 무엇을 잘못했는지 모르고, 최는 나의 잘못을 어둠 위에 붙이고서 손절이라는 극단을 취했다. 아마도 나는 다른 이를 헤아리지 못하고 자신의 욕망에만 몰두하는 탐심 때문에, 최가 가장 어두운 시기를 겪고 있었을 때 최의 손을 잡아주지 못한 채 그를 외롭게 버려둔 것 같다.

나는 여전히 최를 그리워한다. 손절을 잘 실천한 최였지만 이렇듯 냉정한 말을 내뱉기 전까지 무수히 많은 날 동안 연습했을 것이다. 최가 거울을 보며 관계의 끝을 연습하고, 눈물을 흘리는 모습이 상상하면 무척 슬퍼졌다. 언젠가 그녀는 편지로 우리가 어른이 되어버리면 서로를 기억하지 못하는 날이 올까 봐 두렵다고 서툰 고백을 했었더랬다. 나는 그런 허튼 소리 따위 하지도 말라고, 어차피 사람의 인연은 자기가 어찌할 수 없는 것이라고 했다. 최는 내가 발견하지 못한 외로움을, 보다 오랫동안 짊어졌을 것이다. 돌아보자면 냉정한 것은 최의 쪽이 아니라 내 쪽이었는지도 모른다. 우리 사이에, 미안해. 정말 미안해.

최의 냉랭하고 쓸쓸한 얼굴이 떠오른다. 부디 나 대신 다정하고 따스한 사람의 손을 영원토록 놓지 않았으면 좋겠다.

외롭고, 외롭지만, 고독사하지 않을 정도

외로움은 왜 영혼에 남겨졌을까. 이따금 인생에서 덩그러니 남겨진 헛헛한 감정들이 혼자만의 시간 속에서 해결될 때가 있다. 그럴 때마다 고독은 결코 악한 것이 아니라, 감당할 만한 사람에게만 주어지는 은총과도 같다는 생각을 하게 된다. 외로움 속에 잔뜩 파묻히고 싶다. 고독의 민낯을 보는 시간은 되려 고개를 똑바로 쳐들고 세상의 부조리에 기꺼이 담대해지는 내면을 갖게 했다. 곧 깨어질 것 같은 유리 벽이, 폭풍우를 있는 그대로 맞닥뜨려도 튼튼하게 살아남는 것처럼. 인생에서 추스르기 어려운 불안과 권태 사이를 단단하게 해주는 힘도 바로 고독에서 촉발한다.

하지만 고요와 평화로의 초대를 수용하더라도 헤아릴 수 없을 만큼의 슬픔이 내 안으로 밀려 들어올 때는, 이 모든 것들이 소용없다고 여겨지기도 했다. 적막을 끌어안았지만 그건 온전한 것이 아니었다. 외로움을 빙자한 슬픔이었다. 내 안의 참된 화해가 이루어지지 않은 채 억지로 손을 잡은 것에 불과했다. 나는 자신을 껴안고 있었지만, 환상 속의 자아가 늘 그리웠다. 이런 이유로 자주 자신을 놓아버리고만 싶었다. 그러나 슬픔은 나만의 과제일 뿐이다.

내가 겪는 아픔이 아무도 해결할 수 없는, 영혼의 어딘가가 고장 나서 비롯된 문제인 줄을 그제야 깨달았다. 까닭에 나는 슬픔의 자리에 고독을 올려놓았다. 그로써 슬픔의 자리는 완전히 밀려났다. 고독함 속으로 빠져들수록 지독한 운명이 새삼 다르게 느껴졌다. 나 자신을 처연하게 느끼자 나를 대하는 태도가 바뀌었다. 자아와의 관계도 변화되었다. 증오의 관계에서 자비와 애정의 관계로.

"혼자 있을 테니까 날 내버려 둬."

타인들은 괜찮냐며 자주 물어봤다. 그들의 관심은 감사하지만, 나는 스스로 왕따를 자처한 것이 아니라 자신에게 사색의 기회를 부여한 것이라고 생각한다. 그들은 언제나 내 주변 가까이에 자리했다. 학교에서, 회사에서, 사회 곳곳에서. 개인적인 성향에 대한 이해가 다소 부족한 이들에게는 때때로 동정을 받기도 했다. 그런 사람들은 내가 사회로부터 소외당하지 않도록 나를 살뜰히 챙겼다. 이대로라면 추후 독거노인으로 살지 않을 가능성이 커 보였다. 간혹 그들과 섞여 담소를 나누거나 식사할 기회가 생겼을 때도, 나는 그들의 배려심에 감탄하며 크게 감동받았다. 나는 챙김을 받거나 존중할 만한 가치 있는 사람이라는 걸 새로이 깨닫기도 했다.

그러나 그들과 섞여 있을지라도, 저 깊숙한 곳에서는 고독의 갈고리 끝이 내 심장을 찌르고서 저 밑으로 끌어당기고 있음을 느껴야만 했다. 웃음의 생기에는 고독이라는 괴로움이 섞여 있었으나 타인은 전혀 눈치채지 못하고, 자꾸만 나를 자기들의 세상 속으로 손짓하곤 했다. 그러면서도 외로움 속에 나를 내버려 두었다가 결국엔 오르지 못할, 어둠의 길 아래로 빠져들까 염려스럽기도 했다. 그리하여 온전한 화해를 이루기엔 부족한 나를 환상과의 괴리감 속에 유기시키며, 고독이 아닌 폐쇄로 치닫는 것보다야 적절한 사회 감각 속에 나를 놓아두는 게 훨씬 건강한 방법이라고 생각하게 되었다.

나는 외롭고, 외롭지만, 고독사하지 않을 정도로만 산다. 외부가 보내는 선의의 친절조차 없었더라면, 이런 고민의 기회도 잃어버린 채 여지없이 늪지대의 안개처럼 살아갔을 것이다. 고독은 은총이지만 어쩌면 손 내미는 자들이 있다는 것도 아주 사랑스러운 은총임이 틀림없다.

기브앤테이크를 싫어해

나는 인생을 미련하게 살아가는 편이다. INFP마다 성향이 다 다를 수 있겠지만, 개인적으로는 기브앤테이크를 별로 좋아하지 않는다. 성의를 어떤 값어치로 매기는 게 가당키나 할까 싶어서. 주기 싫으면 주기 싫은 거고, 받고 싶으면 받고 싶은 것이지. '내가 이만큼 해줬으니까 너도 이만큼은 해줘야 당연하다'는 법칙은, 우리의 관계를 계산적이고 서먹하게 이끌어간다. 너와 나 사이에 매겨지는 값은, 돈으로 환산할 수 없는데.

때때로 나는 아주 재미있는 짓을 한다. 간혹 책방에 들러 서가를 천천히 살필 때면, 유달리 어떤 책에서 한 사람의 얼굴이 떠오른다. 급기야는 책이 나에게 말을 건다.

"나를 사. 그리고 그분에게 나를 선물해. 나를 보면 그분이 떠오르지 않니?"

애초에 책방에 온 목적은 그게 아니었는데. 계산대에 올려둔 책을 내려보고 있으면 내가 읽으려던 책보다 누군가에게 선물할 책이 더 많다. 이럴 때마다 스스로가 소중한 만큼 그 사람의 마음도 다독이고 싶어서, 책이 내게 말을 건 것으로 생각했다. 누군가의 마음에 닿고 싶다고 책이 내게 말을 건다. 그들의 부름에 나는 응당 반응해야 했고, 이런 건 결코 이해타산에 있어 하나도 도움이 안 되는 일이라는 것도 알고 있다. 내일모레면 카드값이 빠져나가고 통장 잔고는 이 만 몇천 원밖에 없지만서도, 그분을 떠올리면 이 책을 사지 않을 수 없기에 반드시 카드를 긁어야만 한다.

주는 위치로의 삶을 자청한 자는 언제나 궁핍할 수밖에 없다. 궁핍한 만큼 허무감이 들 때도 있고, 흡족함이 영혼을 뚫고 나와 우주로 승천할 때도 있다. 자기 만족감에서 우러나오는 것이 결코 아니다. 흡족함은 그저 우연을 빙자한 '너를 떠올리면서 책을 하나 샀어'라는 식의 사랑에서 우러나오는 것이다.

"인정받고 싶어서 그런 거야?"

윤에게도 선물을 줬다. 책이었는지, 책을 곁들인 커피였는지 정확히는 기억나지 않는다. 책이 아니었을 수도 있다. 윤은 선물을 빤히 쳐다보더니 돌연 질문을 던졌다. 인정받고 싶어서 그런 거냐고, 무슨 날도 아닌데 갑자기 선물이냐고. "그냥"이라는 답을 던지기도 전에, 윤의 의심 많은 눈초리에 입술이 얼어버렸다. 나는 바보같이 어어, 하며 얼버무렸다. 현명하지 못한 대처로 어물쩍 넘겨버리니 윤의 눈에 맺힌 수만 개의 생각들이 읽혔다. 이건 얼마일까, 왜 이걸 나한테 주지, 나도 돈 써서 보답해야 하나, 돈 쓰기 싫은데, 별로 마음에 들진 않는데 웃어줘야 하나, 너나 가져 라고 말해주고 싶어. 굳이 입을 열지 않아도 드러나는 메시지들. 애써 외면하고 싶었지만, 그런 것들이 쉽게 감각되는 나 자신이 더 괴로웠다. 어떤 이에게는 기브가 단순한 문제가 아닐 수 있겠구나 하는 깨달음도 얻었다.

머지않아 윤의 생일이 되었다. 윤은 기프티콘으로 선물 공세를 받았다고 자랑했다. 나는 윤의 생일이니만큼 함께 기뻐해 줬다. 윤은 예상했던 것보다 더 많은 양의 선물을 받아 무척 기쁜 듯해 보였다. 윤은 재빠른 동작으로 쇼핑몰 앱을 켰다. 그러곤 받았던 선물 하나를 검색했다.

"이게 뭐야. 얼마 안 하네."

받은 선물의 가격을 검색한 윤은 기분 나쁜 티를 숨기지 않았다. 이어서 다른 선물을 검색하기 시작했다. 곧 이건 얼마 하네 라며 씨익 웃기도 했다. 순간 나는 우리가 같은 공간에 있지만, 속마음은 전혀 다른 세계에 속한 것은 아닐까, 라고 생각했다. 값어치의 환산과 이윤의 굴레 속에서 나 같은 사람은 순진한 멍청이일 따름이었다. 선물이 선물이지, 그 이상의 가치를 담아야 하는 건지 헷갈리기 시작했다. 그리고 윤의 태도를 보자 덜컥 겁이 났다. 생일선물로 사준 것들이 생각났다. 그것도 검색해봤을까? 내 쪽에서는 생각보다 큰마음을 먹고 사준 것인데 책 선물에 시큰둥한, 아니면 뜻 모를 표정을 지었던 윤을 회상하며 다른 선물도 괜한 짓이었겠다 싶었다.

다음날 윤은 선물 받은 화장품을 바르고 나타났는데, 나도 그래야만 했다고 화장품의 붉은 기운들이 속닥거렸다. 윤에게 저렴한 선물을 했던 이는 지금쯤 차단 목록에 들어가 있을지도 모르겠다는 상상을 해본다. 아, 다행히 나는 차단까지는 당하지 않은 것만 같다. 윤이 종종 연락을 주니 말이다. 기브앤테이크의 세계는 정말 냉혹하구나.

"그때 이만큼 베풀어주셨으니 보답해드려야죠."

라며 기브앤테이크의 대원칙을 받아들이려면 얼마나 많은 시간이 지나야 할지. 한편 어떤 이는 대뜸 점심을 사주겠다며 나를 불렀다. 음식이 차례대로 테이블이 올라오는데 그가 뜨끔한 소리를 꺼냈다. 어떠한 자리를 소개해준 사람에게 식사 자리로 대접을 베푸는 게, 자신만의 법칙이라고. 마침 나는 그를 통해 좋은 자리를 소개받았으나 차마 기브를 하지 못한 상황이었는데, 그는 자기에게 돌아올 기브도 받지 못한 채 나에게 테이크를 베풀고 있었다. 고도의 전략인 걸까? 생각하면 할수록 나에게 민망함을 주려는 자리일까 싶었다. 나는 입맛이 뚝 떨어졌고 그는 생글생글 웃으며 왜 밥을 먹질 못하냐고 물었다.

앞선 사건의 윤은 내가 너무 기브만 한다며, 호구 같다고 핀잔을 줬다. 그래도 받을 건 받고, 챙길 건 챙겨야 하지 않느냐고. 그녀는 인간사 다 똑같은 한 통속이라는 식으로 조언했다. 통장이 거덜 나면 남는 건 허무감뿐이라면서. 윤이 딱히 자신의 테이크를 거들먹거린 적은 없었지만, 그때 그 말을 곱씹어보자면 그게 자신의 테이크 경향을 자랑하는 것임을 이제야 새삼 깨달았다. 내가 받은 선물은 이만큼 많은데 너는 남한테 주기만 하느라 남은 것 하나 없는 개털이잖아, 안 그래? 라는 메시지가 내포된.

내가 순수한 마음으로 기브를 해봤자 상대방이 테이크에 익숙한 사람이라면, 혹은 기브앤테이크 가치관을 고수하고 있는 사람이라면, 순수성의 빛을 잃어버린다. 그래도 나는 받은 선물의 수를 세어 보거나, 선물이 얼마짜리인지 검색해보거나, 여타의 피곤한 인생을 살고 싶진 않다. 어차피 내가 많은 테이크를 취하더라도, 내 안의 끊임없는 욕심이 그 이상의 테이크를 요구할 게 뻔하다.

그럴 바에야 차라리 저렴하고 소소하더라도 진심을 전달하는, 정겨운 기브를 베푸는 쪽이 낫다. 테이크가 되고 싶은 인간의 욕심은 끝이 없으니, 이 욕심이 나를 잡아먹지 않도록 차라리 선점해버리는 것이다. 미련하더라도 사랑의 호구가 되는 것. INFP여서 사람과 사랑에 민감하게 반응하는 방식은 사랑스럽고, 동시에 호구스럽다.

너무 많은 관심은 부담스럽지만
그렇다고 적은 관심은 서운함이 큰,
나는 고양이같은 INFP인 사람.

어쩌면 고양이로 태어나려 했다가

신의 실수로 인해 인간이 된 것인지도.

PART 2.

낯가림의 유혹

아마 나를 알고 있는 사람들은 내가 낯을 가린다는 것에 상당한 놀라움을 표할 것이다. 갖은 단련의 과정들을 거쳐, 이제야 겨우 상대방의 두 눈을 바라볼 수 있게 된 나로서는 이런 "사회화"의 과정이 생존을 위해 계발되었다는 사실에 다소 깊은 아쉬움을 느낀다. 자신을 세상 속에 노출하고 밥벌이를 위해 수줍음을 해체하면서부터 나는 다른 사람이 되고자 했다. 사람들은 언제나 기운 넘치는 내 모습을 좋아했다. 그러다 일과가 끝나고 해 질 녘이면 노을과도 같이 내 가면도 얼굴 밖으로 기울어진다. 나는 어떤 사람일까.

낯을 가린다는 것은 일종의 걸림돌이었다. 그게 이점으로 작용할 법도 한데, 내게는 조금의 기회도 주어지지 않았다. 내가 곧잘 사람들을 피하는 것은 사람을 싫어한다는 것과는 별개의 문제였다. 사람들의 눈빛이 마치 나를 송곳처럼 찌르는 것 같아 무서웠다. 타인의 눈길이 나에게 온 것만으로도 나를 들켜버린 것만 같아, 나는 서투른 행동들을 했다. 호의일 수도 있는데 짐짓 망설이거나 타인을 피하려 꽤 애썼다. 간혹 관계들로부터 도망치자 관계는 눈송이처럼 녹아버리기도 했다.

어렸을 때 나는 사람의 얼굴을 잘 기억하지 못했다. 고개를 숙이고 다니는 버릇은 어쩌면 습관이 아니라, 잔뜩 어두워진 마음씨를 고스란히 표현해낸 것이리라. 나는 나를 싫어하는 만큼 고개를 더욱 아래로 내려뜨렸다. 집에서 부모님이 다투는 일이 잦아지면 그들의 고함이 내 머리를 짓눌렀다. 서로의 탓과 탓이 만들어 낸 표상은 어김없이 추락과 추락으로 결합했다.

때문에 타인의 얼굴을 마주하고 웃을 만한 기운도, 자신도 없던 나는 땅만을 바라보고 살아야 하는 개미같이 일

차원적인 사람이 되었다. 사람들의 얼굴을 기억하지 못하는 이유가 바로 이것 때문이었다. 이제껏 나는 누가 어떻게 생겼는지 잘 기억하지 못한다. 단 한 명을 제외하고.

그는 내 고개 아래에서부터 위로, 자기 얼굴을 들이밀었다. 어른들이나 다른 이들은 나 같은 사회 부적응자 따위의 일에 전혀 관여하지 않았는데, 그만은 이상스럽게 나에게 호기심을 보였다. 복도를 걷다가 그가 다가왔을 때 나는 얼른 발걸음을 돌렸다. 그는 나의 무시에도 아랑곳하지 않고 몸을 빙글 돌려, 다시금 내 앞으로 다가왔다. 그리곤 자기 고개를 내 얼굴 아래로 넣어 빤히 쳐다봤다. 나는 어떻게 해야 할지를 몰라 붉으락푸르락해져서는 그저 멈춰 서 있었다. 사람이 나에게 관심을 보인 것은 굉장히 낯선 일이었다.

그는 나에게 웃어 보라고 했다. 웃어본 적이 오래되어 웃는 방법이 기억나지 않았지만, 어쨌거나 입꼬리를 실룩거렸다. 그는 "심각하구먼"이라고 짧게 답하고서 고개를 뒤로 뺐다. 그리고 갈 길을 갔다. 나는 그에게 단단히 찍혔거나 아니면 그가 미친놈일 거로 생각했다. 일단 그에게 '선생님'이라는 지위가 있으므로 그가 무슨 짓을 하더라도 담임 쪽에서 메시지가 전달되거나 묵살되는 방향에서 일이 마무리되리라 여겼다. 그것은 나의 착각이었다.

다음날 그는 교무실로 오라고 했다. 그는 나에게 무슨 문제가 있느냐고 했다. 대답하지 않았다. 그가 가라고 했다. 그다음 날도 그는 나를 불러냈다. 똑같은 질의응답이 오갔다. 나의 대답은 언제나 침묵이었다. 어느 날 그는 질문 대신 밥을 사주겠다고 했다. 그는 순댓국집으로 나와 친구를 데려갔다. 그는 이틀쯤 굶은 나에게 첫 끼니를 먹였다.

그는 수학을 가르쳤다. 숫자들과 이상한 도형을 그리기 이전에, 그는 칠판에 자신이 읽은 시를 썼다. 수학과 시는 썩 어울리지 않는 조화였다. 그는 슬프고 괴로울 때마다 시를 읽어야 한다고 가르쳤다. 나는 책상만을 보던 사람이었기에 그가 쓴 시를 곁눈질로 보느라고 어떤 시들을 썼는지 제대로 보질 못했다. 수업 종료 알람이 울린 뒤 그가 나가고 나서야 무엇을 써놓았는지 알 수 있었다. 반에서 가장 열등하고 가능성 없는 학생이었던 나는 칠판 지우는 허드렛일을 도맡게 되었는데, 그가 쓴 필기들을 지우면서 시를 써놓았다는 사실을 깨달았다. 나는 그의 희한한 정신과 시를 연결지으며 차마 칠판을 지우지 못했다.

한번은 그가 이전과 같이 고개를 아래로 들이밀면서 말했다.

"너는 시를 읽어야 해. 그래야 살아."

그날 아침에 밥그릇과 몇 가지의 식기로 얻어맞은 나는 비뚤어진 안경으로 얼굴의 멍을 간신히 가리고 있던 터였다. 그의 말이 의아했다. 나의 세상은 온통 절망과 비탄뿐이었으니까. 내면에 메마른 나뭇가지가 심장을 두드리는 것을 느꼈다. 기억은 먼 데로 향했다. 몇 년 전, 내가 쓴 시를 읽은 국어 선생이 시인이 되라고 했던 때로. 나는 다소 상냥한 조언에도 내 비루한 글이 수치스러워 견딜 수가 없었다. 방과 후에 곧장 시를 찢어버렸다. 그의 말대로 내가 시인이 되었더라면 아마도 낯가림 없는 사람이 될 수 있었을지도 모르겠다.

잠시 과거에 머물렀던 애수에서 벗어나 도서관으로 향했다. 그건 내 바람이나 의지, 그런 것들이 아니라 순전히 본능에 의한 것이었다. 나는 도무지 헤어 나올 수 없는 어둠으로부터 생에 대한 간절함을 느꼈다. 나는 읽고 싶었고, 쓰고 싶어졌다. 이러한 삶이 나를 구원해줄 것이라 무한하게 희망하면서.

마음이 온통 겨울이었던 순간들에도 가끔은 봄의 손님이 오고 갔다. 계절의 순간들을 손아귀 사이로 흘려보내면서 나는 여러 번 웃고 울었다. 지금은 웃는 법을 분명하게 알고 있다. 사람들의 눈을 바라볼 때마다 그들의 온기가 나를 웃게 해준다는 사실을, 나는 이제 안다. 나를 살려낸 유일한 구원자는 시인의 꿈을 이루기엔 역부족한 나를 여전히 두드리고 흔들어댄다. 그렇지만 내면 깊숙이 침전된 어둠은 이제 효력을 발하지 못한다. 지금은 그보다 더 폭넓은 글들을 접하며 글 속의 저자가 떠올릴 미소를 생각한다. 낯가림의 유혹이 종종 떠오를 때 나는 글을 펼치고 상처를 덮는다.

　　예전에 숨죽여 울었던 횟수만큼이나 지금의 나는 더 시를 읽고 더 많은 양의 행복을 소유한다. 나는 이제 낮 속의 더없는 다정함을 느낄 수 있다. 앞으로도, 영원토록.

진짜 MBTI와 가짜 MBTI

그녀는 INFP가 '잔 다르크' 유형이라고 말했다. 나는 그런 위인과 공통점이 하나도 없다고 대꾸하자 그녀는 입술을 삐죽거리며 그다음은 알아서 찾아보라고 말했다. 나는 대답 대신 자리에서 일어나는 편을 선택했다.

나에게 숭고한 사명 같은 건 전혀 어울리지 않는다. 자신을 감당하기에도 버거운 상황인데, 나 이외의 생명에 관해 책임감을 느끼고 희생하는 것은 감히 상상할 수도 없는 일이다. 그렇지만 희생이라는 고결한 가치를 내 가치관에 넣을 수 있었으면 좋겠다.

감히 희생의 발치에 가닿지도 못할 희미한 사랑들만 내 안에 허우적거리고 있다. 우리 시대에 낭만은 끝났다는 표현과 같이, 나의 낭만은 한참이나 부족한 내 희생정신으로 인해 재빨리 마무리되었다. 나는 그것을 '가짜 MBTI'라고 칭했다. 나의 초라함을 빗대어보자면 잔 다르크 씨에게 상당한 송구함을 느끼기 때문이다.

MBTI가 유행하기 전까지만 해도 각 유형에 대한 수식어보다는 MBTI가 무엇인지에 관한 설명을 하는 경우가 더 많았다. 하지만 대 MBTI 시대가 열리자 이미 충분한 정보를 습득한 이들에게 오히려 수식어의 거슬림을 덜어내야 하는 상황으로 역전되었다. 그리고 나는 여느 INFP들과 마찬가지로 과몰입해 버리는 1인이 되어버렸다.

그렇다고 하더라도 나를 하나의 상징으로, 그것도 하늘의 별과 같은 위인으로 지레짐작해버리면 매우 곤란하다. 나도 그렇거니와 사람이란 존재는 알파벳 네 자리로는 결코 다 알 수 없는 복합적인 면을 담고 있기 때문이다. 조금의 수고로움과 성찰을 더 하면 우리는 과연 인간을 깊이 알고 싶고, 진심으로 사랑하고 싶어 하는 수줍은 바람이 각자에게 깃들어 있다는 것을 알게 될 것이다. MBTI를 탐색하는 추세는 영혼의 풍요로움을 위해 자신의 참모습을 찾는 여행과 닮아있다.

예전에 심리 서점 〈쓰담〉과의 연결로 다시 MBTI 검사지를 접했다. 여러 문항에 여러 답변을 보냈다. 세세한 해석들이 나왔다. 그 가운데서 감사한 것은, 내가 사람을 사랑하고자 하는 품이 넉넉히 있다는 것이었다. 사람으로 인해 상처를 많이 받고 고독하기도 하지만 나를 그대로 내버려 두지 않은 덕분에, 내면의 깊은 갈등과 고통으로부터 해방될 수 있는 유일한 힘이 나에게 있음을 깨닫게 되었다. 새롭게 보이는 관점으로 자신을 되돌아보았다. 그리하여 과연 지난날의 상처받은 자아가, 미래의 상처받은 치유자의 역할을 할 수 있게 단단한 그루터기가 되었다는 것을 깨달았다. 나의 사랑은 물거품과 같이 사라져버릴 거짓된 희생 따위가 아니라 타인의 손을 잡고 나를 빛나게 해줄, 섬김이라는 고귀한 실체였던 것이다.

"무지개 선생님, 찬란하게 빛나세요, 부디."

오랜 해석의 시간 끝에, 쓰담의 책방지기님이 이런 말을 남겼다. 자아의 뒤편에서 조용히 가라앉는 것이 아니라 내 안의 용기를 끄집어내어 마음껏 사랑하는 것. 그것으로써 비로소 나를 찬란하게 빛낼 수 있다고 첨언했다. 아, 지난한 사랑. 오롯이 깨어지고 봉합된, 얼기설기 상처 입은 꽃대만이 찬란하고 아름다운 사랑의 꽃 열매를 피울 수 있단 말인가. 그제야 나는 운명과도 같은 사랑을 받아들였다. 나는 사랑하기 위한, 사랑을 위한 존재. 나를 타고 내려갈수록 사랑의 형상이 또렷해졌다.

　그러고 보니 이 사랑은 마치 잔 다르크의 것과도 같지 않을까 싶어서 혼자 조그맣게 웃고 말았다. 잔 다르크 씨 나의 것은 당신의 것과는 비할 바 없겠지마는 비록 형편없어 보일지라도, 우리의 사랑은 같은 것일까요? 사랑밖에 모르다가 쓰러질지라도 나는 당신처럼 용기를 내어 보겠습니다.

　이후 인터넷에 떠도는 약식 MBTI 검사에 임했더라도 결과적으로 나는 INFP가 나왔다. 나는 요철 같은 사람이지만 사랑하는 것이 운명이라면, 그리고 그것이 INFP가 짊어진 인생의 미덕이라면, 사랑을 위해 인격을 다듬는 훈련을 받고 싶다. 물가에 언뜻 비치는 사랑의 빛깔이 말갛게 떠오르는 이의 마음에 가닿듯이. 그러한 태도와 자세를, 무엇보다도 내 안을, 사랑으로 가득히 채우고만 싶다.

MBTI 이전에

때로는 어리숙함이 더 나은 형편이었던 적이 있었다. 과거의 상흔에 의해 찢긴 나는, 무척 매섭고 예민했다. 그때쯤 꿈에서 이런 장면이 자주 나왔다.

설원의 공간에서 나는 곧 추락할 것 같은 절벽에 서 있었다. 반 발짝만 뒤로 물러나면 금방이라도 떨어질 것 같았다. 때마침 꿈속의 얼굴 모를 이들이 저마다의 손을 내밀며 내가 삶을 이어 나가도록 끌어 당기려 했다. 꿈속이었는데도 망설임이 선명하게 느껴졌다. 살아야 하나, 왜 살아야 할까, 살아남는다면 나는 무엇을 남기는 인간이 되겠나. 짤따

란 고민이 몇 차례 오가다가 의식을 되찾았다. 그럴 때면 찌릿한 감각이 두 손안에 맺힌다. 그러나 내가 어떤 선택을 했었는지는 여태껏 기억나지 않는다.

나와 나를 둘러싸고 있는 세계를 알기 전까지, 나는 죽음을 동경했다. 불의와 무기력에 항거하는 인생에 매우 지쳐 있었기 때문이다. 나의 철저한 실패로부터 아무 지혜도 발견하지 못했다. 나는 나의 가장 깊은 근원으로부터 길어 올린 영원한 해답을 듣고 싶었다. 그것이라야 내밀한 혼돈을 종식시킬 수 있고, 벌거벗은 현실의 민낯을 마주할 용기를 줄 수 있으리라 여겼다. 고통은 비단 현상적인 것만을 뜻하지 않았다. 나는 자주 고통을 겪었고 자신에게 상처받았으며, 허상의 가해자에게 이끌려 삶을 연명했다.

두려움의 실체를 파악하지도 못한 채 환상 속으로 파고들었기에, 나는 종종 그 절벽 위로 올라야 했다. 사랑받지 못한 자의 결핍. 동시에 사랑하지 못한 자의 결핍. 사랑의 기울기는 어디로 흐르는 것일까. 또 어디까지 가 닿는 것일까. 나는 용서받지 못할 꿈들을 반복하며 베개 맡을 적셔갔다. 그때부터 불면증이 시작되었다. 그래서 나는 꿈을 꾸어야 할 가닥을 만들지 않으려 부단히 애썼다.

MBTI를 알기 전까지 나는 숱한 심리 검사를 거치며 나를 알고자 성실히 애써왔다. 그리하여 종래에는 그 절벽 위에 서지 않고자 했다. 차토(此土, 나고 죽고 하는 고통이 있는 이 세상)의 세계를 반영이라도 한 듯 잠이 들면 언제나 꾸준히 절벽 끝에 놓여 있었다. 어떠한 심리적 도구들도 내게 큰 영향을 주지 못하자, 나는 실망했다. 숨겨진 진실이 무엇인지 스스로 발견할 수조차 없거니와 외부의 힘을 빌릴 수도 없는 노릇이었다. 나는 빈번하게 허덕이고, 깨어나고, 눈물을 흘리면서 가엾은 나를 토닥거렸다.

시간이 흐르자 삶의 굴곡이 다양해졌다. 젊었을 때의 나는 절벽 끝에 무기력하게 매달려있었으나 나이가 들면서 절벽 안쪽으로 한 발짝씩 앞으로 나아가는 용기를 얻게 되었다. 지난날의 나를 돌아보니 지금과 같은 힘이 없던 것이 꼭 저항의 부족 때문만이 아니라는 생각이 든다. 그만큼 아팠고, 자신에게 숙려 깊은 사람이 아니었다. MBTI를 위시하여 겪어온 갖가지 심리 도구들은 상처의 겉면에 바르는 얇은 판막과 같은 것뿐이었다. 진정한 용기는 인생에서 직접 맞부딪치며 모진 풍파를 통해 단단해진 내 안에서 비롯된 것이었다.

　이로 인해 어느 순간부터 나는 까무룩 한 절벽의 반대편으로 걸어갈 수 있었다. 그쪽에서 나를 붙들려는 손들이 차츰 또렷하게 보였다. 그것들을 자세히 살펴보니 그건 손이 아니었다. 그 정체는 바로 날개였다. 그것도 새하얗게 빛나는.

한 세계의 무너짐을 경험하는 것은 오래도록 무기력 속에 침잠되어 있던 나를 일깨우는 계기가 되었다. 이제 나는 꿈속 절벽 위에서 또 다른 이를 향해 손을 내미는 입장이 되어 있다. 그가 과연 내 손을 잡아줄 것인지는 모르겠지만, 나는 그가 손을 내밀 때까지 그 자리를 지키려고 한다. 그는 나의 과거이자, 상처이자, 소망이기 때문이다. 그가 어떤 삶을 살아왔는지 알지 못하나, 나를 통해 치유의 힘을 경험하길 바랄 뿐이다. 세상에 반드시 아름다움만 존재하는 것은 아니지만, 동시에 추악함만 존재하는 것도 아니다. 선과 악을 동시에 쥐고 있는 이 세상에서, 고통은 자신만의 소유가 아니라 그저 보편적인 것임을 알았으면 한다. 유년 시절의 상처, 불운한 환경 등과 같은 것들은 당신의 사랑스러움에 비해 매우 단순한 축에 속하는 것이라고. 당신 자신에 대한 해답은 자신을 포용할수록 은은하게 드러나기 마련이라고. 나는 그러한 마음을 품고서 손을 내밀었다.

절벽에서 멀어지고 거친 풍파를 겪을수록, 인생이 더없이 살만하다고 느껴진다. 마음의 각도가 흐트러질 때쯤 나는 절벽의 꿈으로 달려간다. 이제 나는 그곳을 치유의 절벽이라고 부르기로 했다. 치유의 자비함을 온전히 맞이하며 그를 향하여 손을 뻗을수록 나는 앞날을 향하여 더 나아가게 되었다. 동시에 나의 손, 그러니까 하얗디하얀 날개는 눈부시게 빛나고 아름답다. 나는 그에게로, 그러면서 나에게로 날개를 펼친다.

설원의 절벽에 봄이 온다.

오늘따라 살기가 싫다

나는 다소 서글퍼졌다. 글을 쓰고 싶었지만, 수치심 때문에 더는 글을 쓸 수 없었다. 모두가 나에게 작가라는, 걸맞지 않은 호칭을 불러준 것에 굉장히 감사했으나 감사 이상으로 자꾸만 의문이 들었다. 나는 진실로 작가가 맞을까? 글을 쓰고 책을 팔면 그것이 진정으로 작가의 자격에 걸맞은 것일까? 북페어에서 책을 팔고, 나를 파는 동안 영혼은 새파랗게 질려갔다. 나는 무엇을 쓰고, 팔고, 먹고, 살고 있을까? 한번은 북페어에서 등단한 작가라고 하는 작자에게 이런 소리를 듣기도 했다.

"열심히 노력하세요. 그러면 나처럼 유명한 작가가 되어서 언젠가 다시 만날 수도 있겠지요."

이 말은 나를 얼마나 팔아먹어야 하는지에 대해 굉장한 영향력을 주었다. 그들에게 있어, 대중에게 있어 나는 모로 보나 작가가 아니었다. 난 그저 장사치였다. 글을 팔아 먹고 사는. 글을 계속 써야 하는지 의심이 들자 점차 글과 멀어져만 갔다.

자신을 명토(名토, 무엇이라고 구체적으로 하는 지적)할수록 절망의 중심이 선명해졌다. 나는 움츠러들었고 쓰는 삶에 대한 회의를 느꼈다. 내게 쓸 자격이 있노라고 그 누구도 말해준 적 없었는데, 나는 호흡하듯 쓰고 자는 듯이 쓸 거리를 생각했다. 장사치 작가로서의 정체성과 쓰지 못해 안달 난 이의 태도가 매우 상반되었다. 무엇을 선택해야 옳은 건지 가늠할 수 없었으나, 하여튼 쓰는 태도만은 버리지 않았다. 이따금 권태로움과 싸우기도 하고, 천박한 상업주의에 빠진 내 모습에 구역질이 날 때도 있었다.

그렇다. 내 글의 뒤안에는 이런 것들이 숨어있었다. 고민하며 쉬는 동안에는 소설을 쓰고 책을 읽는 시간을 가졌다. 이것이 창작의 일환으로도 보일 수 있겠지만 내 나름의 휴식 방법이었다. 이제껏 인생의 이방인으로 살아오다 처음으로, 유서와 같은 이 글들을 쓰고자 하는 데에 관한 준비 작업인 셈이다. 번뇌가 한없이 솟구쳐 신물이 날 지경까지 되면 역설적으로, 더 쓰고 싶은 욕망이 내면 깊은 곳에서부터 재빨리 떠오른다. 포기하고 싶은 마음의 흔적은 애초에 존재하지 않았던 것인 양 흩날리는 글감들을 기록하고 성실하게 남긴다. 부지런히 쓰고 고민하고 거듭 수정한다. 사명에 이끌리듯이. 그러면 마음을 부유하던 긴장감과 불안들이 한꺼번에 녹아내리면서 자신에게 절망하던 힘은 이제 모순의 삶을 끌어당긴다.

모두가 글을 쓸 수 있고, 책을 낼 수 있는 세상. 등단을 준비하려고 노력하던 과거와는 달리 누구든지 자신의 목소리를 낼 수 있는 시대. 나는 독립출판으로 고개를 돌렸고, 나만의 발걸음을 확실히 펼칠 수 있었지만, 한편으로는 내가 진정 작가로 싹을 틔운 것인지 의문이 들기도 했다. 아직까지도 독립출판에 대해 관대하지 않은 문단을 알고 있다. 내 작품을 향한 궂은 목소리도 있었지만, 실은 스스로 첨예한 목소리를 토했기로 전혀 큰 상처가 되지 않았다.

그때부터 나는 쓰는 삶과 온종일 글에 매달리는 나를 버리고 싶어서 갖은 노력을 했다. 내가 세상에서 유일하게 잘 할 수 있는 일이라곤 글을 쓰는 것이 아니라 나에게 상처 주는 일이라 여겼다. 나는 무저갱 속에서 벗어날 수 없는 영원을 헤아리는 존재 같았다. 마음은 어디로 향하고 있는 것일까. 글을 놓아버리는 것은 참 자유라고 말할 수 있을까. 글과 자신에게 집착할수록 타는 냄새가 난다. 글을 태우는 자기혐오의 푸른 불길.

한편의 글을 완성할 때는 분노로부터 비롯된 병들과 싸워야만 했다. 건강을 회복해나가면서 동시에 글을 쓸 수 없는 수준에 이르기도 했다. 글을 쓰지 말라는 충고를 병원에서 들었을 때는 육체의 구속처럼 느껴져서, 마음의 태도가 급격히 전환되었다. 글을 쓰지 말라고? 아무것도 쓸 수 없는 자유. 이것을 자유라고 칭해야 하는 건지 자꾸만 의문이 들었다. 바깥으로 꺼내어지지 못한 글들이 소음으로 울리자 차마 견딜 수가 없었다. 끊임없는 언어의 강박으로부터 홀로 몸부림쳐야 했다. 그러다 짐짓 정적의 순간을 맞이하면 쓰지 않는 자신이 얼마나 초라하고 볼품없는 존재인지를 고스란히 받아들여야 했다.

최근에는 애써 쓰려는 노력을 하지 않아도 몸이 저절로 반응한다. 연필을 들고 노트에 서걱서걱 글을 써 내려간다. 생각과 생각의 산이 무너지면서 노트의 검은 글씨가 빼곡해진다. 잔뜩 휘두르던 연필이 멈춰 서면 가슴 속에서 뜻 모를 희망이 울려 퍼진다. 마음의 힘이 고갈되어 쓰지 못할 것이라는 걱정은 온데간데없이, 쓰고자 하는 사랑이 활자들 속에서 움튼다. 이전에도 없었던 체대한 모습으로. 나는 사랑을 위해 사력을 다해 쓰는 존재. 글을 유기하려는 노력은 사랑의 크기에 비하면 모조리 부질없는 것. 사람들이 인정하지 않더라도 나는 써야 한다. 나는 쓰지 않으면, 그 사랑에

응하지 않으면, 도무지 견딜 수 없는 사람.

나는 더 나은 무언가가 되려고 쓰는 것들을 그만두기로 했다. 나의 책무는 글 속에 생기 어린 사랑을 듬뿍 담아 그것을 믿음직하게 지켜내는 것이라고, 가슴속에 새겨 넣었다. 쓰는 사람으로 거듭나기 위해 나를 버릴 자유. 그것은 형벌과도 같던 '어떤 작가'라는 그림을 버리는 것이기도 하다. 고단하던 마음이 구석구석 유연해진다. 나는 어떠어떠한 글을 써서 승승장구하기보다는 나만의 글을 쓰는 사람으로 남기로 했다. 내가 작가로서 꾸준히 쓸 수 있는 길은 처음부터 순전히 내 손아귀에 있었는지도 모른다. 동시에 그러한 답을 알고 있으면서도 자꾸만 자극되는 물욕에 의해 회피하고 싶었는지도.

우월한 글을 쓰고 거짓의 평화를 선택하는 것만큼 미련한 것도 없다. 나는 사랑의 장막을 펼쳐나가기 위해 살아가고, 써나갈 것이다. 나는 무명 작가지만 사랑으로 쓸 것이라고, 펼쳐 든 노트 앞에서 또 한 번 다짐해본다.

나만의 날개를 지향하는 태도

삶과 나 사이를 잇는 것은 오로지 수명뿐이었다. 나는 삶에 기댈만한 게 전혀 없었고 구태여 희망을 좇으려 하지도 않았다. 깊은 우울감 속에 가라앉아 죽음을 헤아리며 인생을 걸어갔다. 모두가 유한한 것을 갈구하고 꿈꾸며 그것만이 모든 것이라고 믿어 의심치 않는 데에, 홀로 의심한 까닭이었다. 세상은 나를 탓했다. 그리고 나는 세상에서 말하는 소위 하잘것없는 고민들을 속으로 삭이며 스스로 병들었다.

선생님, 죽음의 시간을 앞당기면 어디가 덧나나요?

라는 말이 떨어지기 무섭게 나는 우울증이라는 진단을 받았다. 눈을 뜨고 있었건만 앞은 어두컴컴했다. 과연 우울증에 무엇을 덧칠할 수 있을까. 심연은 하염없이 빨려 들어가고 있었다. 자신조차도 알 수 없는 어둠 속으로. 새벽이 되고 희끄무레한 하루의 시작이 저 너머로 올라오고 있을 때라야 나는 잠을 청할 수 있었다. 뜬 눈으로 보낸 밤은 깊고도 아득했다. 강렬한 정서들이 마음에 쏟아졌다. 울음으로 자신에게 편지를 쓰며 한참을 진지한 대화로 한참을 보내야 했다. 생에 대한 의지가 간신히 되살아났을 땐 어슴푸레한 노을이 하루의 종료를 알리고 있었다. 그리고 재차 어둠이 다가왔다.

나는 울지 않았다. 그보다는 웃는 편에 가까웠다. 하지만 감정이 쉽사리 숨겨지지는 않았다. 한번은 사람들과 농담을 주고받을 때 그들이 "네 눈에서 눈물이 흘러"라고 일러주었다. 그때 나는 내가 웃고 있음을 알고 있었다. 눈가에는 깊은 눈물이 흐르고 입가에는 뜻 모를 웃음이 걸려있었다. 모순의 감정을 둘 다 가진 죄로서 자주 아파야만 했다. 아주 심각할 적의 시간을 보내고 나서, 나는 지금까지 살아 있으리라곤 상상하지 못했다. 이미 나는 사라진 존재였어야 했다. 어째서인지 남다른 슬픔을 간직한 채로 살아가야 하는 운명인가를 하늘에 물으면서 죽음에 대한 갈망을 두텁게 쌓아왔다. 진리를 깨닫지는 못했다. 다만 내가 바라던 것들이, 영원한 방어벽이 되지 못하리라는 것은 꽤 확신하고는 있다. 젊은 날의 활기도, 욕망도, 물질도 모두 섬망처럼 차차 흐려질 것이다. 다시 일기를 쓰게 되었다. 손으로 연필을 꼭 쥐고 어린아이처럼 떨며, 써나간다. 나를 찾고 싶어요. 나의 날개를 펼치고 싶어요. 하늘이 열린다.

이전 같았으면 빨리 죽으라고 사정없이 내리쳤던 가슴팍을, 오늘 아침에는 가만가만 쓸어보았다. 심장이 두근하고 울었는지 아니면 울컥하고 울었는지 알 수 없건만 박동하고 있는 생명에 신비로움을 느꼈다. 나는 살아있구나. 죽지 않고 여기에 살아있구나. 손가락을 깊숙이 넣어 깍지를 껴본다. 사랑이 오롯이 들어오는 온기. 오래된 친밀감. 고요와 편안함. 윤곽이 불분명한 미련한 것들의 고개가 한껏 꺾어지는 환상이 비추어진다. 나는 우울의 강에 담그던 발 하나를 빼냈다. 음울의 얼굴로 당기던 미혹의 유령이 어제보다 조금 더 희끗해졌다.

핸드폰을 켰다. 나의 병을 나약함으로 치환하는 글들이 검은 액정 위로 또렷해졌다. 내가 어쨌기 때문에 어떻게 된 것이라는 각종 추측과 속수무책의 욕설들이 가슴으로 파고든다. 과거의 나는 독한 말의 망령에 사로잡혀 울었고 위험한 생각들을 품었으며 마음을 썩둑 썩둑 썰어냈다. 그러나 이제 나는 세상의 말들이 나를 제아무리 위협한다 한들 그것이 실제적인 힘을 지니고 있지 않다는 것을 안다. 세상은 나를 탓했으나 나는 세상을 탓하지 않았다. 세상이 모진 말을 토해도 나는 그것이 내 영혼에 깊은 영향력을 주지 않는다는 것을 안다. 나는 긴 시간을 반복하며 삶을 위해 애썼다. 상처 입은 나의 날개가 펼쳐지기까지 얼마나 많은 날 동안 인고의 사정을 맺어왔던가. 과거나 지금이나 세상이 던진 독한 말들은 매한가지였다. 나는 그것들이 주는 두려움을 관철하고 현재 내가 펼칠 수 있는 무지개다리를 꿈꿔왔다. 선생님, 사람들은 왜 저에게 나쁜 말을 하나요?

나는 오늘도 일기를 펼친다. 숱한 메아리들이 내면에서 요동쳤다. 연필을 쥐던 손은 더는 흔들리지 않고 단단하게 힘을 내며 한 자 한 자를 꾹꾹 눌러썼다. 고통의 저항이 아니라 있는 그대로의 포옹이라야 순전한 용기로 걸어갈 수 있음을, 너무도 늦게 알았다. 흐릿한 환상으로부터 도망쳐 사랑의 실체에 가까워지고 있다. 오늘도 나는 한 걸음 더 가까워진다. 마음의 한구석으로부터 자그맣게 빛나고 있는 그 사랑에게로.

완벽주의자

그대, 가라앉고서도 너른 사랑이니, 완전하지 못함에 스스로 괴로워하는 마음을 내려놓으세요. 노력은 꿈결 같은 것. 나는 그대의 노력이 헛되다고 말한 적이 없습니다. 현명한 답의 뿌리를 헤쳐 나아가는 소망의 물 갈퀴질을, 나는 잘 알고 있습니다. 만전을 기해 노력했건만 돌아오는 것은 부족함의 틈새로 들어오는 슬픔과 분노, 공허뿐일지라도 괜찮습니다. 노력의 성과가 왜곡되거나 굴절되지 않도록, 그대 마음을 쓸어온 나의 기억이 모든 것을 담고 있습니다.

불현듯 일어나는 절망감에 넘어진다고 하더라도 손바닥에 단단히 박힌 굳은살처럼 일어서세요. 애써 말하지 않더라도 그 절망보다 더 큰 자신을, 그대 자신이 더 잘 알고 있잖습니까. 무얼 바라고 있었나요, 그대여. 바람은 시리고 날은 어둡습니다. 쓸데없는 걱정은 목구멍에 얽혀 있는 엉겅퀴처럼 그대를 미혹할 따름입니다. 그대의 불완전함이 오히려 그대를 빛나게 하는 줄 알아채지도 못하고……. 그대의 의식은 정녕 어디에 있나요?

나는 여기에 있습니다. 처음부터 줄곧 이곳에 있었지요. 허나 그대에게 닿을 길이 없네요. 그대는 대체 무엇을 향해 달음박질치고 있는 것인지. 외로움을 빗겨선 적막이 나를 휘감습니다. 이러다 잠들고 나면 내일이 오는 것이지요. 그렇습니다. 시간은 나의 벗. 그대가 적을 진 시간은 사실 나의 큰 벗이었어요. 우리는 서로 떼려야 뗄 수 없는 관계입니다. 그대는 나에게 시간을 허투루 사용하지 말라고 했지만 그건 크나큰 오해입니다. 우리는 이미 깊은 관계예요. 시간이 내 안에 쌓여가는 만큼이나 그대는 내게 더 가까이 다가올 것입니다. 우리가 서로에게 봄결 같은 사람이 될 때까지 그대는 여기 머무르며 자신에게 관대해지기를 바라겠습니다.

지난밤 그대가 자신의 영혼을 내리치며 괴로워했을 때, 나는 그만 주저앉아버렸습니다. 도처에서 그대를 바라보고 있는데도 그대는 어째서 나를 잃고, 자신을 잃어가는 것인가요? 나는 그대가 어떤 사람인지 잘 알고 있습니다. 암요. 그대는 누구보다도 성실하고 고단함을 이겨내려 부단히 애쓰는 사람인걸요. 그대의 향긋한 내음을 나는 아직도 간직하고 있어요. 그것은 고약한 냄새가 아니라 인간이 할 수 있는 최상의 아름다움을 덧대어 만든 면류관 같은 것이지요.

그대의 사랑을 받아들이지 않고서 어떻게 내가 존재할 수 있을까요. 나는 그대로부터 비롯된 것이자 그대의 갈망 속에서 피어난 근원. 떠나가지 않고 곁에 있을 터이니 불안도, 염려함도 없이 홀가분하게 머물러 있으세요.

다만 우리가 떨어져 있는 까닭은 나에게로 향하는 그대의 집념과 광기로부터 보호받고자 한 발짝 뒤로 물러선 것뿐이랍니다. 그대가 진중하고 차분하던 예전의 모습으로 돌아온다면 나 역시 그대 곁으로 돌아갈 것이에요. 내 사랑. 나를 바라볼 때 괴로움보다 희망을 떠올려주세요. 완벽이라는 이름에 분노하지 마셔요. 나를 보고 마음껏 미소 짓던 다정함이 되살아나는 순간, 나는 고독의 쓴 뿌리를 덮어 버리고서 그대에게 사랑을 가득 담은 편지를 쓰겠습니다.

나를 닮지 마세요. 나를 담아 두지도 마세요. 그대 자신으로서 머물러주세요. 비록 무수한 결점으로 인해 수치심이 느껴질지라도 그 모습 그대로도 좋다는 것을, 무려 나에게는 걸작의 모습이라는 것을 알아주셨으면 해요. 그리하여 그대가 비할 데 없이 사랑스러운 존재라는 걸 깨닫는 순간 돌아갈 거예요. 울지 마세요. 재차 자신을 탓하지도 마세요. 그것은 우리의 사이를 멀어지게 할 뿐이랍니다. 나에 대한 경외심을 덜고 그대의 가슴을 쓰다듬어줄 수 있는 용기가 생긴다면 그것이야말로 진정한 변화라고 볼 수 있겠지요.

곧 다시 만나요. 그대 자신을 나보다 더 아껴주세요. 더함 없이 새하얗고 순수한 나의 사람.

- 완벽으로부터.

그대는 나로 인해

나는 그대로 인해,

서로에게 빛나는 사람이고 싶어요.

PART 3.

한없이 투명하고도
(INFP가 보는 INFP)

이종혁

알게 된 지, 삼 년 조금 넘은 작가 J는 독립출판 작가 활동을 하면서 사귄 동료다. 지금은 서로의 속마음을 스스럼없이 말할 수 있는, 몇 안 되는, 친애하는 친구가 되었다. 평소 나는 작가들과 공적으로 만나는 관계다 보니 아무래도 처음에는 말을 조심하며 적정 거리를 유지하는 편이다.

그러다 보니 책 행사나 책방에서 마주치면 반갑게 인사하고 가벼운 안부 정도와 글이 잘 써지는지 정도만 말하고 서로 각자의 일을 한다. 가끔 친해지고 싶은 동료들도 있지만, 괜스레 나의 과한 마음에 그 동료에게 부담을 줄지도 모른다는 생각에 적당히 물러난다. 그렇게 그들과의 관계는 딱 거기까지가 된다. 적절히 친절하고, 썩 나쁘지 않은 사이. 우연히 길에서 만나면 반갑게 인사는 하지만 그렇다고 따로 식사나 술 약속을 하지 않는다. 다소 아쉽지만 어쩔 수 없다. 우리는 공적인 관계니까.

하지만 이상하게도 J와 나는 처음부터 친해졌다. 마치 어렸을 때 친했던 동네 친구가 한동안 연락이 끊겼다가 몇 십 년 만에 나타나 허물없이 서로를 대하는 것처럼. 처음부터 많은 이야기를 했고, 많은 담배를 태웠고, 많은 술을 마셨다. 그리고 많은 감정을 토해냈다.

J는 평소 친분이 없는 사람들과 함께 있을 때 조용한 편이다. 낯을 많이 가리기 때문이다. 그렇다고 표정이 굳거나 말이 없는 것은 아니다. 모든 것에 적당히 맞장구치며 말할 뿐이다. 그러다가 친한 사람이 합류하면 금세 표정이 밝아지면서 그제야 입을 떼기 시작한다. 언제 그랬냐는 듯, 약간 시끄러워질 정도로. 심지어 그 시끄러움조차 적당하다.

그의 큰 장점은 타인의 말을 잘 경청하고 적절하게 위로하는 사람이라는 것이다. 상대의 마음을 잘 공감해준다. 함께 웃어주고 슬퍼하고 분노한다. 마치 자기 일인 양. 때론 대화 중간에 집중력이 떨어졌는지 정신이 딴 곳에 있는 것처럼 보일 때도 있지만, 그때조차 상대가 불편하지 않게 적당히 기계적으로 리액션을 한다.

뭐든지 적당한 사람 J. 하지만 적당한 사람이라는 말이 무색하게, 그는 나와 함께 있으면 한없이 투명해진다. 솔직하고 솔직하며 또 솔직하다. 생각과 감정이 투명해진다. 때론 창피함을 모르는 사람처럼 말과 행동과 마음이 적나라하게 붕붕 떠 있기도 하다. 다른 사람들과 있을 때는 안 보이던 그의 마음이 보이게 된다. 내 의견과 안 맞는 부분은 분명하게 자신은 그 의견에 동의할 수 없다고 말하고, 같은 의견은 격렬하게 공감한다. 의외의 모습이다.

그래서 나는 그와 둘이 만날 때면 늘 마음이 편하다. 혹시 나의 행동과 말이 상대의 마음을 찔러 상처를 준 건 아닐까 하는 걱정이 필요가 없어서. 기분이 나쁘면 나빴다고 솔직히 말해주니 그때그때 사과하면 된다. 사과 역시 잘 받아준다. J에게 영향을 받은 걸까. 나 역시 그와 함께 있으면 솔직해진다. 상대가 솔직해지니 나도 걱정 없이 솔직해지는 건지도 모른다. 그가 투명해져서 나도 투명해질 수 있었다.

J는 한없이 투명하지만, 종종 마음 깊은 어느 한구석은 탁하게 느껴지곤 한다. 누구에게도 보여줄 수 없는 마음이 존재하는 것이다. 아무리 사랑하는 사람이라도 절대 보여줄 수 없는 그런 곳. 신뢰하고 친한 사람들만 느낄 수 있는 미세한 느낌. 그래서 가끔 서운했다. 내게는 좀 보여줬으면 하는데 여전히 보여주질 않으니. 우리가 굉장히 가까운 사이라고 생각하다가도 이런 탁한 마음을 느낄 때면 거리감이 든다. 사실 나만의 오해일지도 모른다.

　　아무튼 나중에 술에 취하면 꼭 이 서운함에 관해 이야기해야겠다고 다짐한다.

천상 INFP인 작가

임발

세계 인구의 4%가 INFP라고 한다.

나로 말할 것 같으면 그 4% 안에 속하는 평범한 사람이라고 할 수 있다. MBTI 검사를 몇 번 했을 때, 내 기억으론 딱 한 번 I가 E로 나온 적을 제외하고는 늘 INFP였다. 4%라고 하면 소수처럼 느껴질 수도 있지만, MBTI 성격 유형 검사에서 16가지 유형이 있는 걸 고려하면 그렇게 낮은 수치도 아니다. 우리 주변에서 흔히 볼 수 있는 유형이라는 뜻. 물론 주로 출몰하는 분야가 제한적이긴 하지만 말이다.

직장생활을 할 때는 주변에는 이 유형을 거의 발견하지 못했지만, 독립출판 씬에서 활동하면서 가장 많이 목격한 유형이 바로 이 INFP다.

여기도 INFP! 저기도 INFP!

차고 넘친다. 나 같은 사람이 적지 않다는 것에 묘한 동질감이 느껴진다. 혈액형으로 따지자면 B형 같다고나 할까. 나 스스로 어디로 튈지 모르는 B형 남자라는 것이 싫지 않은 것처럼 예술가적인 기질이 다분한 INFP라는 것도 은근히 좋아한다.

난 혼자만의 시간이 절대적으로 필요한 I형 사람이다. I는 내향형. 많은 이와 어울릴 때보다 혼자 있을 때 에너지가 뿜뿜 차오른다. 이런 내 성향은 대학 시절부터 두드러지게 나타났다. 난 '혼밥'과 '혼영'이 자리 잡기 한참 전부터 이미 혼자 슥슥 움직이는 생활에 익숙해져 있었다. 학부제여서 아웃사이더가 되기에 아주 적합한 환경도 한몫했지만—. 그와는 별개로 뭐든 혼자 하는 걸 주저하지 않았고 오히려 즐기는 편이었다. 주말에는 심야 영화 세 편을 혼자 밤을 새워가며 보고 난 후 첫 지하철로 집으로 돌아오기도 했고, 평일 공강 시간이면 친구들과 함께 시간을 보내기보다는 혼자 조용히 도서관에 가서 이런저런 책을 손에 잡히는 대로 읽곤 했다.

이러한 홀로서기 성향은 나이가 들수록 더 심해졌다. 언젠가부터 혼자 산책하고 혼자 뛴다. 혼자 있을 때 가장 마음이 편하다. 아무래도 INFP는 타인에게 신경을 많이 쓰는 편이라 누군가와 함께 있을 땐 에너지를 고스란히 상대방에게 쓰므로 혼자만의 시간이 더 필요한지도 모르겠다.

그렇지만 혼자를 즐기는 성향의 부작용도 분명히 있는 것 같다. 난 외로움에 아주 아주 취약한 사람이다. 연애 감정을 간절히 원한다. 그렇더라도 함께 하는 따뜻함보다 혼자 있을 때의 자유로움을 더 좋아하긴 하지만. 마지막 연애가 언제냐고 물어볼 때 가장 난감해지는 나.

네, 저는 아주 오래전부터 솔로입니다.

한편으로 난 갈등을 진짜 싫어한다. 싸우는 게 정말 싫다. 싸워서 상대방을 굴복하게 만드는 건 나와는 거리가 멀다. 그럴 능력도 안 되고. 그렇다고 해서 이래도 흥! 저래도 흥! 하는 스타일은 아니다. 나는 신념이 아주 강하다. 다만, 강한 신념을 타인에게 강요하지 않을 뿐. 내 생각이 뚜렷하다는 건, 어쩌면 갈등은 싫어하되 편견은 강하다는 것을 의미할 수도 있다.

그리고 나는 스스로 편견이 강하다는 걸 알기에 그걸 직접적으로 드러내는 것이 싫다. 그렇게 참음으로써 억눌린 가치관이 소설 쓰기로 승화된다. 인물 속에, 사건 속에, 이야기 속에, 은근하게 내 생각을 살포시 숨겨 놓는다. 예를 들면, 내가 쓴 〈물류센터에 있던 그 생수는 어디로〉라는 단편소설에서 이러한 나의 성향이 다소 강하게 드러나기도 한다. 해석은 읽는 자의 몫이라고 여기며.

내적으로 친밀한 소수의 사람과 상호작용하는 것을 선호하는 편이기도 하다. 중·고등학교 친구들 10명으로 구성된 모임이 있다. 이 모임도 그리 큰 편은 아니지만, 이마저도 내겐 크게 느껴진다. 식사 모임에서도 무슨 말을 할까 고민하다가 꿀 먹은 벙어리가 되곤 하는 게 바로 나. 난 갈등을 회피하는 대신 내 안에 모인 여러 색깔의 이야기를 소수의 친구에게 집중포화 한다고 보면 될 듯하다. 지속해서 편하게 마음을 나누는 친구는 그중에서 두 명 정도에 불과하다. 대신 그 친구들에게는 속 얘기를 미주알고주알 다 한다. 이 와중에 두 친구에게 각각 하는 얘기는 조금씩 다른 편.

그렇기에 이 친구들에게 특히 더 감사함을 느낀다. 타인의 얘기를 계속해서 들어주는 것은 결코 쉬운 일이 아니니까. 눈치챘겠지만 난 뒷담화를 절대 하지 않는다고 자신 있게 말할 수 없는 사람이다. 부족한 인간이다. 결코 자랑은 아니지만 이렇게라도 풀지 않으면 정신건강이 유지될 수 없으니까 말이다. 타인에 관한 얘기를 절대 하지 않는 사람들을 보면 절로 존경심이 든다. 제한적인 뒷담화를 통해 화를 다스리고 감정을 해소하는 나와 달리 그들은 과연 어떤 방식으로 마음속 '화'를 처리하는 걸까.

또 나는 공상을 많이 한다. 사실 이 글을 쓰면서 검색해 본 나무위키의 한 문장에 시선이 머물렀다. INFP가 모든 성격 중에 공상에 가장 쉽게 빠진다고. 적극적으로 공감한다. 상상의 나래를 펼치는 몽상가다. 타고난 몽상가. 어릴 때부터 좀 과하다 싶은 정도로, 난 생각이 참 많았다. 했던 생각을 또 하고 또 하기도 하고, 생각의 꼬리를 잡고 다른 생각을 불러오기도 하고. 생각이 많은 건 사회생활을 하면서는 항상 약점으로 작용했다.

유일하게 장점으로 발현되는 게 글쓰기, 그중에서도 소설 쓰기인 듯싶다. 근데 요즘에는 INFP답지 않게 생각의 폭이 좁아지는 것 같아서 걱정이 많다. 이 짧은 글을 쓰는데도 이렇게 애를 먹고 있으니 말이다. 점차 나아지겠지. 걱정이 많은 것도 INFP답다.

마지막으로 INFP인 나의 정체성을 한마디로 말하자면 '모순'이다. '혼자인 나'를 즐기면서도 사람을 그리워하고, 갈등을 싫어하면서도 지기는 싫고, 소수의 사람과 소통하면서도 발이 넓기를 은근히 바라며, 공상을 많이 하면서도 또 복잡한 건 싫어하기도 한다. 내가 봐도 참 답이 없다. 그래도 모순투성이인 이런 나를, 나 자신이 그렇게 싫어하진 않는다는 사실. 그게 그나마 정말 다행이다. 내가 모순이 살아 숨 쉬는 소설을 쓸 수 있는 이유이기도 하다.

한 문장으로 정의하는 인프피

고성배

인프피의 결정체이자 표본이고 인프피가 사람으로 태어난다면 이러한 형태일 것이라고도 할 수 있는 나, 즉 고성배를 풀어보면 인프피란 바로 이러한 성격이라고 정의할 수 있을지도 모른다는 생각이(하지만 나라는 사람은 상황에 따라 인프피와 부합하지 않는 면도 있을 터인데, 이는 명태가 가공 과정에 따라 동태, 노가리, 황태, 코다리 등 조금씩 성격이 달라지는 것과 비슷한 맥락일 수 있다)들어, 햇살이 내리쬐는 어느 가을날, 새벽이라기엔 조금 늦고, 아침이라기엔 아직 이른 시간에 조용히 청소가 마무리되지 않은 부엌 조그마한 의자(지금 사는 아파트로 이사 오기 전에 구매했는데, 도대체 2년도 지나지 않아 망가진다는 것이 말이

안 된다는 생각에 몇 번이나 쇼핑몰에 전화하려고 핸드폰을 들었다 놨다 했던 애증의 의자이다)에 앉아 차가운 아메리카노(사실 뜨거움 3과 차가움 7이 혼합된 커피를 선호하기에 차갑다는 말은 어폐가 있을 수 있다)를 옆에 두고 가만히 눈을 감으며 머릿속으로 나라는 놈은 어떤 놈인가, 다른 사람 눈엔 어떻게 비치는가를 고민하다가 펜을 잡고 하나하나 써 내려가는 것이 생각보다 어려운 듯, 쉬운 듯, 아니 꽤 나란 인간은 괜찮은 놈이잖아, 의외로 매력이 있는 자식이었어! 라는 생각이 들어(목욕하지 않은 꾀죄죄한 상태에서도 거울을 보며 흐뭇한 미소를 짓는 자기애 강한 성격이다) 실실거리길 몇 시간 정도 할 무렵, 주변 친구에게 물어보는 것이 현명할지도 모르겠단 생각에 무작정 전화를 걸어 나는 어떤 사람이야? 내가 뭐 잘못한 건 없지?(전화하자마자 자기 잘못을 고하는 이 소심함도 어쩌면 인프피의 특징이 아닐까 하는 생각이 드는데, 매일 누군가에게 폐를 끼치진 않는지, 혹은 어떤 이들에게 내가 눈엣가시 같은 존재가 아닌지 전전긍긍하며, 잠들 때마다 눈을 감고 손을 부여잡은 채, '제발 저를 싫어하는 이들이여. 내 모두 잘못하였으니 꼭 모든 죄를 사하여 주시고 앞으로 가짜라도 웃으며 둥글게 살아가는 표면적인 관계라도 유지하게 해주세요'라고 기도하기도 한다)라고 물어보려 핸드폰을 잡지만, 문득 시계를 보니 전화를 받기는커녕 아직 일어나지도 않았겠다는 생각이 들고, 결국 어떻게든 혼자서 고민해야겠다는 생각에 테이블 한쪽 구석에 놓인, 1976년 출간된 영국의 진화생물학자 리처드 도킨스의 진화생물학 교양서적 『이기적 유전자』위에 핸드폰을 올려놓고, 검지를 관자놀이에 가져다 댄 채 슬슬 문지르며(이렇게 문지르다 보면 뇌의 여러 부분을 자극해 어쩌면 안에서 움찔거리는 운동이 되고, 그러다가 평소에 떠오르지 않던 어마무시한 생각들이 뇌리에 스치며 기가 막힌 아이디어들이 나올지도 모른다) 다시 생각해보기로 하자, 몇 가지 나란 인간에 대한 것들이 떠올라 이를 끄적끄적 적어 보는데, 첫 번째로는 사람들에게 피해를 주지 않는 것, 두 번째로는 약속이 없는 날이 대부분이며(솔직히 약속을 만드는 것 자체가 너무 스트레스인데, 왜 사람들은 약속을 만드는지 이해가 안 가며, 굳이 사람을 만나야 하는가 라는 생각이 든다) 그런 날에는 집에 있는 소파(라기엔 싱글 침대 정도의 크기이지만)에 누워 넷플릭스를 주르륵 훑어보고 다른 사람이 보지 않을, 하지만 너무 마이너하지 않고 적당히 대중적인 드라마를 찾아 틀어놓은 후, 5분에 한 번씩 끊으며 인스타그램에 들어가 다른 사람은 뭐 하고 사나, 왜 이렇게 잘 사나, 나는 아직도 왜 여기에 머무르면서 아무것도 안 하고 무기력하게 있나, 그래 내일부터는 일어나서 열심히 일도 하고, 밥도 먹고, 사람도 만나고, 엄마한테 전화해서 사랑한다고도 말하고, 변비약도 사고, 혈당조절도 하고, 비염 치료도 받고, 고양이 똥도 제때제때 치워주고, 환기도 잘하고, 디지털 디톡스도 하고, 아니 다이어트를 위해 진짜 디톡스도 좀 하고, 샤인머스캣 같은 고급 과일도 한번 사 먹어보고, 이미 8년 전에 끝난 무한도전도 그만 좀 보고, 쓸데없는 상상(이를테면 누군가가 나에게 1,000만 원을 줄 테니 대변을 살짝 찍어 먹어보라고 한다면? 이라는 생각 등인데 솔직히 1,000만 원으로 대변을 먹을 사람이 누가 있겠는가 싶지만 의외로 5,000만 원 정도면 심하게 고민을 해보기도 할 것 같다)도 그만하고, 마지막 보스를 깨지 못하고 포기한 슈퍼 마리오 월드도 다시 심기일전해서 도전해보고, 언젠간 읽겠지 하고 사놓았지만, 그 언젠간 약 7년 정도 된 해묵은 책들도 읽고, 상쾌하게 하루를 시작하리라 다짐하며(이건 인프피의 성격이라기보단 집중력 장애가 아닐까 싶기도 한데, 어릴 때부터 통지표에 '이 아이는 산만하니 주의가 필요합니다'라고 쓰여 있었던 것으로 보아 어린 시절부터 손톱 정도의 집중력을 가지고 있었던 것 같다) 다시 일시 정지했던 드라마를 틀고 반쯤 졸린 눈으로 무기력하게 콘텐츠를 시청하는 것, 세 번째로는 모임이 끝나고 다 같이 식사라도 하자고 할까 봐 누구보다 빠르고 남들과는 다르게, 마치 세

렝게티를 팔짝팔짝 뛰는 치타처럼 짐을 싸서 재빨리 집으로 향하는 것, 마지막으로 오프라인에서 만나면 생전 처음 보는 사람 마냥 쑥스러워하고, 선생님 앞에서 벌 받는 아이처럼 고개를 숙인 채, 할 것도 없으면서 핸드폰만 주섬주섬 만져대지만, 온라인에서는 명 MC인 양 '쟤 왜 저렇게 깝치지? 오바하고 난리야'라는 생각이 들 만큼 헛소리를 탁탁 뱉어대고 죽마고우인 양 별 얘기를 다 하며 엉덩이를 들썩거리는 이모티콘, 코로 하트를 내뿜는 이모티콘, 양손을 좌우로 흔들며 신나 죽어버리겠다는 동작을 하는 이모티콘(이 이모티콘은 솔직히 경박스럽지만 의외로 할 말 없이 서로 질질 끌고 가는 대화를 재빨리 끝내기에 효율적이다)을 보내며 세상 친한 척하는 것 등, 별게 다 떠오르니 이걸 과연 인프피라 정의할 수 있을까 싶기도 하지만 뭐 어쩌겠는가, 백 명의 인프피가 있다면 백 명 모두 각자 자기 인프피가 진짜 인프피고 나머지는 다른 게 섞인 잡종이라고 말하는데, 나도 이러한 내 성격을 진짜 인프피라고 우기고 앞으로 이 외에는 순도 100프로는 아닌, 0.001프로라도 다른 알파벳이 섞인 가짜 인프피라고 정의하려 한다(그렇다고 또 이걸 가지고서 네가 무슨 인프피의 표본이냐고 지탄할 사람들이 겁나는데, 이것마저도 인프피스러워서 참 그렇다).

INFJ-P!
우리는 인류를 사랑하지만
인간을 혐오하지

우듬지

인터넷을 떠도는 이런 밈을 발견한 적이 있었다. INFJ 유형에게 제일 맞지 않는 직업은 아마도 교도관일 거라는 내용이었다. 처음엔 이해할 수 없었다. 죄를 저질러 교도소에 들어온 수많은 죄수는 누군가에게 씻을 수 없는 상처를 주었거나, 사회윤리를 지키지 않은 악의 무리인데, INFJ 성격상 즉각 '사형'을 시켜야 속이 시원할 것이기 때문이다.

하지만 밈은 다음과 같은 상황을 추가로 제시한다. 중범죄를 저지른 죄수놈이 어느 날 입을 여는 것이다. 그가 전해온 이야기는 INFJ 교도관을 패닉에 빠트린다. 어린 시절

자신을 버리고 떠난 부모, 영문도 모른 채 시작된 보육원 생활. 보육원에서는 어린 영혼들을 학대하는 나쁜 어른들이 가득했으며, 어렵게 나온 사회에서는 심각한 생활고를 경험해야 했다. 그런 힘든 상황에도 불구하고 강한 의지로 열심히 일하고 돈을 모았으나, 막판에는 믿었던 친구가 자신의 전 재산을 들고 튀어버렸다. 죄수가 해한 것은 다름 아닌 그 배신자 친구 놈이었던 것이다.

죄수의 눈물겨운 스토리를 듣고 나니 INFJ 교도관은 이런 생각이 들었다.

"교도소에 갇혀야 할 놈은 이 죄수가 아니라, 죄수를 배신했던 그놈이 아닐까. 애초에 죄수가 배신당하지 않았더라면, 안정적인 생활을 유지할 수 있었더라면, 아니 그 전에 좋은 부모를 만나 온전하게 컸더라면 과연 범죄자가 되었을까?"

INFJ 교도관은 가난하고 힘없는 자에게 한없이 냉랭한 이 몹쓸 사회와 인간들을 비판하다, 그만 직업적 회의감에까지 빠져든다. 남편에게도 그 밈을 보여주니 격한 공감을 전해왔다.

"맞아 자기는 절대 교도관 하면 안 돼. 범죄자의 구구절절한 사연을 들어주다 괴로워서 병에 걸릴 거야."

인류를 사랑하기 때문에 인간을 혐오하는 종족. 언뜻 들기에 '열림교회 닫힘'처럼 모순적인 이 태도는, INFJ뿐 아니라 INFP에서도 공통으로 드러나는 특성이라고 한다. 내향적이고(I) 상상력(또는 망상력)이 풍부한 데다(N) 공감 능력까지 뛰어난(F) INF들의 눈에 비친 이 사회는 그 자체가 모순적이기 때문이다. 아프거나 버려지는 사람들, 외면당하는 소외계층. 우리가 잠자리에 누워서도 걱정하게 만드는 이 슬픈 존재들은 모두 커다란 의미에서 인류에 속한다.

이를 개별적으로 쪼개어 바라보면 어떤가. 시스템을 악용해 소외계층을 더 힘들게 몰아붙이는 정치인, 어린 영혼을 파괴한 보육원의 어른들, 친구의 전 재산을 들고 날은 비양심적인 친구. 이들은 인류인 동시에 개별적인 인간이며 혐오의 감정을 불러일으키는 주범이 아니던가! 이렇듯 인류애와 인간혐오로 널뛰는 감정을 주체하지 못하는 INFJ와 INFP는, 아마도 교도관뿐 아니라 판사나 검사도 하지 못할지 모른다. 법이 아니라 마음으로 심판을 하느라, 일을 개판으로 만들 가능성이 매우 높기 때문에.

하지만 범죄자들의 눈물 젖은 스토리에 온갖 공감을 해주고 남을 INFJ-P 유형에게도, 히틀러 뺨치는 냉정함은 존재하니. 그것은 바로 인간이 동물을 괴롭힐 때다. 범죄자가 얼마나 가난하게 컸건, 상처를 받았건, 눈물겨운 스토리로 내 마음을 후벼 파건 간에, 단 한 순간이라도 힘없는 동물을 아프게 한 사실이 발각된다면? 그때는 아마 직업이 교도관이든 판사이든 검사이든 경찰이든, 그 자리에서 칼을 빼 들어 처단할지도.

"내가 이래서 인간을 싫어해."

라는 장엄한 말을 덧붙이면서.

결국 INFJ-P가 중요하게 생각하는 것은, 인류냐 인간이냐 하는 철학적인 개념이 아닐지도 모른다. 우리는 단지 강자가 약자를 괴롭히는 것, 그래서 한 삶이 속절없이 파괴되고 마는 것을 두고 보지 못할 뿐이다. 말하거나 저항하지 못하는 동물은 인간보다 한없이 약자이다. 또한 맑은 유년 시절에 큰 어른들로부터 학대당한 인간 역시 약자가 아니던가. 하지만 세상은 지금, 이 순간도 강자가 약자를 괴롭히고 수많은 영혼이 말라가고 있으니…….

오늘도 나는 고통받는 동물이 나올까 〈동물농장〉을 보지 못하고, 의붓딸을 캐리어에 넣어 죽였다는 소식이 나올까 뉴스를 보지 못한다. 세상이 나아지기를 기대하기 전에, 스트레스로 내 명이 다할까 무섭다.

ISFP가 바라보는 INFP

탈리타

 나는 잇프피(ISFP)다. MBTI는 여러 번 바뀌었지만 최근 3년 정도 다시 검사를 몇 번 해봐도 잇프피에서 머물고 있다. 잇프피의 특징에 대한 내용을 보면 내 모습과 아주 많이 겹치기 때문에 자신을 '잇프피'라 소개하는 것이 이제 매우 익숙하다.

 나는 혼자 있을 때 에너지가 충전되는 내향성(I)이고, 인식 기능은 직관보단 현재에 초점을 맞추는 감각형(S)이고, 판단 기능은 사고(T)보단 사람과의 관계에 초점을 맞추는 감정형(F), 생활양식은 목적과 계획 보다 자율적이고 융통성 있는 인식형(P)에 가깝다. ISFP를 "호기심 많은 예술가", "성인군자"라고 하는데, 내가 무슨 성인군자까지 되는

진 모르겠지만, 그래도 '말없이 다정하고, 온화하며, 친절하고, 연기력이 뛰어나며, 겸손하다'라는 설명이 맘에 든다.

나의 MBTI는 이런 변천사를 겪어왔다.

ESTJ - ESFJ - ESFP - ISFP

이러한 변화 가운데서 신기하게 한 번도 안 변한 것이 있다. "S". 바로 감각형이다. 감각형의 성향은 숲보단 나무를 보고, 감각적으로 인식되는 것에 더 집중한다. 뜬구름 잡는 얘기를 힘들어하고, 정확하게 보이거나 들리거나 만지는 걸 좋아한다. 감각형(S)과 직관형(N)의 차이는 정보 습득 방법에 있는데, "S" 감각형은 있는 그대로의 정보를 받아들이고 자신의 경험을 바탕으로 정보를 얻는 반면, "N" 직관형은 창의적인 아이디어와 문득 떠오르는 생각들을 토대로 정보를 가져온다.

이런 차이 때문인지 나와 비슷하지만 다른 인프피 (INFP)들을 관찰해 보면 재미가 있다.

잇프피가 보는 인프피의 재미난 점 첫 번째는, 뭐니 뭐니 해도 창의력이다. 통통 튀는 인프피의 생각의 흐름이 신기할 때가 많다. 내 주변에 있는 인프피들은 대부분 작가이다. 그리고 소설을 쓴다. 일단 그들이 쓰는 소설의 주제부터가 나는 범접하기 어려운 아이디어였다. 인류가 멸망한 미래 속에 존재하는 AI 이야기 〈어스〉부터, 피부가 투명하게 변해 장기가 보이는 투명 인간까지……. 내가 상상도 못 해본 주제 속 이야기들이 펼쳐진다. 그래서인지 그들의 이야기엔 흡입력이 있다. 나도 글을 쓰려는 사람으로서, 인프피들의 창의력은 정말이지 부러운 능력이다.

그런 창의력은 어떤 점에서는 엉뚱함과 연결되어있다. 눈에 보이는 것을 있는 그대로 받아들여 흐름에 따라 생각하는 감각형(S)와 다르게 직관형(N)의 생각의 흐름은 가늠하기 어렵기도 하다.

한 번은 인프피 친구와 지하철을 타고 가는데 이런 말을 들었다.

"난 지하철에서 내 옆자리에 앉은 사람이 무슨 생각을 하고 있는지 궁금해."

"응......?"

그 말을 듣고 나는 빵 터졌다. 그게 왜 궁금한 지가 궁금했고, 너무 신기했던 기억이 있다.

정보를 습득하고 인식하는 방법에 있어서 인프피와 잇프피는 차이가 있지만, 사실 차이점보다는 공통점이 더 많은 편이다. N/S가 서로 달라도 어쨌든 네 개 중에서 세 개가 겹치는 것이니까 말이다. 혼자만의 시간을 즐기고, 감성적이며, 관계 중심적에, 자유롭고, 유동적이다. 그래서 나는 인프피들과 있을 때 편안함을 느낀다.

인프피 친구와 만나 카페에 가면 처음에는 한참 수다를 떤다. 그 시간은 분명 즐겁다. 그런데 시간이 흐르고 수다 주제가 떨어지면 서로 조용해지며 눈치를 본다. 눈빛으로 말하는 거다.

'집에 가고 싶어.'

눈빛 대화가 통하면, 자연스럽게 각자가 에너지를 충전할 수 있는 공간으로 향한다. 집에 가고 싶은 마음은 인프피나 잇프피나 비슷하게 기본적으로 깔려있는 점이라, 이런 부분이 편하다.

결론적으로, 나는 통통 튀는 인프피의 개성과 매력을 좋아하고, 시끄러운 생각을 가진 것 같은데도 조용한 면이 귀엽다. 사람을 좋아하지만 사람을 어려워하기도 해서, 가까워지는 것 같다가도 거리가 느껴지는 인프피. 그렇게 거리가 좀 느껴지다가도 따뜻하고 섬세한 관심에 끌리는 인프피. 이런 인프피를 잇프피인 제가 참 많이 아낍니다!

귀여워서 INFP

마음은 겁없이 다가오는 파도.

빠져드는 시선을 가까스로 구해낼 때

또다른 바다가 구름을 타고서 가슴을 훔친다.

🐻

PART 4.

전반적으로 감정에 관한 이야기

오늘의 노래가 구겨진 기분을 살펴준다. 나의 감정이 요동칠 때마다 P는 자기가 듣던 CD플레이어의 이어폰을 내 귀에 꽂아주곤 했다. 당시 불온함의 상징이었던 거친 음악들을 함께 나눠 들으며, 사춘기의 분출을 가만히 다스렸다. P는 그런 것들을 다루는 데 탁월했다. 누군가의 불안정성을 가장 빨리 직감하는 건 그녀의 본능이었을까. P는 맑은 눈동자를 가지고 있었다. 기운 없이 책상에 엎어져 있다가, 등을 톡톡 두드리던 P를 올려다볼 때 심해보다도 깊고 푸른 눈동자를 만날 수 있었다. P는 그런 사람이었다. 까맣고 푸르러

서 감히 그 수심을 헤아릴 수 없는 내면.

　한편 P는 나랑 잘 맞지 않는 부류의 사람이었다. 아량이 넓고 외부의 자극에도 쉽게 흔들리지 않는 성품은 아주 조금의 참을성도 없는 나와는 매우 달랐다. 그래도 P는 기꺼이 내 친구가 되어 주었다. P는 중학교 때도, 고등학교 때도 내 곁을 지켰다. 그녀의 차분함은 갈수록 '이성적'이라는 개념으로 확장되어 갔다. 이성적이지만 따스하고, 날카로우나 품이 넓은 사람.

　그런 P는 나의 불안정한 모습을 발견할 때마다 이어폰을 꽂아줬다. P는 여러 CD를 가지고 다니며 즐겨 듣곤 했는데, 내 안에서 잔뜩 날뛰는 불꽃을 다스릴 수 있는 곡들을 특별히 엄선해서 들려주었다. 그 곡의 가사도 찾아보라고 권유하면서. 나는 수시로 세상에 대한 불만을 터뜨렸고, P는 그에 맞는 곡들을 들려주었다. 인생과 세상에 환멸을 느낄 때면 그녀의 차분하고도 삶의 용기를 되찾을 만한 선곡을 들으며 나를 다스렸다. 나를 잘 알고 있는 P가 좋았다. P는 어리석고 미숙한 표현들이 재밌어서 내가 좋다고 했다. 수학 공식처럼 딱 맞아떨어지는 정답 같지 않은 사람은, 내가 처음이라고 했다. 나는 자주 P를 곯려주려고 노력했지만 어쩌면 그렇게 푸근한 미소로 모든 것들을 껴안는지. P의 심도깊은 술수에 금세 넘어가 버리고 말았다.

"네가 제멋대로여서, 너무 감정적이어서 좋아. 억지로 꾸미려고 하지 않고 가식적이지 않아서 너라는 사람이 재밌는 것 같아."

P는 성난 파도 같은 내 모습을 그렇게 말해주었다. 반대로 나는, 그런 말을 내뱉는 P가 무슨 생각을 하는지 도통 알 수 없었다. P는 감정적인 내가 좋다고 하면서도 본인의 감정을 쉽사리 표현하지 못했다. 정확히는 못 한다기보다, 어떻게 해야 자기 내면을 드러낼 수 있을지 혼란스러워하는 듯해 보였다. P의 입술을 가로막고 있는 것은 대체 무엇이었을까. 뭐든지 다 들어주겠다며, 고민이 있으면 뭐든 얘기해 보라는 말에도 P는 빙긋 웃기만 할 뿐이었다. 그녀는 다정하지만 다정함 이상의 열정을 상실한 것처럼, 내면의 새된 기운조차 표출하지 못했다. 과연 P가 말하고자 하는 바는 무엇이었을까.

P가 세상을 떠나고 난 후 그녀를 꿈에서 만날 때마다, 네가 그때 하고 싶은 말이 무엇이었느냐고 질문을 던졌다. P는 과거와 같은 웃음을 지으며 동시에 눈물을 흘린다. 그녀를 이루고 있는 눈물들이 샘처럼 흘러 나에게로 스며든다. 꿈에서 깨어나 허공을 바라보면 그리운 P의 눈물이 여지껏 꿈속에 머물러있는 내 영혼을 아리게 한다. 내게 조금이라도 감정을 토로할 수 있었더라면 P의 생은 더 이어지지 않았을까 하는 후회들이 조류를 이루어 간다. P가 미처 말하지 못한 마음의 자리들. P에게 있어 화산과도 같은 내 모습이, 자기 마음을 받아내기엔 적절치 않은 깜냥이라도 되어 보였나. 나는 친구가 운명을 저버렸다는 슬픔보다 더 큰 상실감의 스카프를 목에 둘렀다. 그리고선 그리움의 손바닥에다 나만의 감정만을 더듬던 미숙함을 묻어 버렸다.

이제는 말해도 된다고. 네가 하고 싶은 대로 말해도 괜찮다고. 나, 그만큼 충분히 성숙한 사람이 되었다고. 애먼 말들만 P의 초상을 따라 쫓는다. P가 떠난 자리 위에 말하지 못한 감정의 더미들이 쌓여간다.

쓸모없는 글쓰기

글쓰기는 고통과 비례했다. 격랑 하는 번뇌가 쓰는 마음을 압도하자 열병 같은 아픔이 찾아왔다. 글을 써서 무언가를 이루어야만 할 것 같이, 투명한 질주에 놓인 기분이었다. 글을 쓰지 않으면 생존을 지탱할 수 없을 거라는 압박감이 들숨과 함께 들이켜졌다. 우울감이 권위를 지니는 순간마다 영혼은 속절없이 무너졌다. 두려움이 압도할 때는 쓰기 대신 닥치는 대로 책을 읽었다. 나를 아프게 할 글과 구원해줄 수 있는 글 사이를 빈번하게 오갔다. 작가로서 쓰지 못하는 것이 슬럼프일지, 번아웃일지, 아니면 명명되지 못한 새로운 증상일지 판단하기가 무섭게, 앓는 구석이 온몸을 잠식했다. 시나브로 나는 쓸 수 없는 작가가 된 것이다.

쓰는 직업을 가졌으나 더는 밥벌이를 할 수 없는 사람이 당최 무슨 쓸모가 있을까. 여럿 쓰고 지우는 작업을 감당하며 나의 글쓰기는 쓸모를 잃었다. 동상이 걸린 듯 굳어버린 것은 타이핑을 치는 손이 아니라 영혼이었다. 이런 상황이 무색하게 나는 대외활동을 자주 해내야 했다. 강의와 모임, 갖가지 참여 등 무슨 활동을 하는 작가로서의 입지가 견고해져만 가는데, 정작 나를 토로할 수 있는 작품은 단 한 줄도 써내지 못했다.

미명의 시골길을 걷는 듯 흐물흐물해진 마음의 탄성은 나를 내면의 문제로 이끌어가기보다는 바깥으로, 문제를 회피할 수 있을 만한 저 외부의 세계로 시선을 돌리게끔 했다. 수 개의 별들이 가슴으로 쏟아진다. 돌고 돌아 쓰는 일로 찾아왔건만 나는 쓰는 일로부터 달아나고 싶었다. 작가가 되는 일은 쓰는 것 이상의 일들을 감당해야만 했다. 그것을 간과한 채 다가가 버린 순진한 자는 슬럼프라는 혜성의 온도에 잔뜩 데었다.

이번 북페어를 마지막으로 쓰는 일을 그만두자. 나는 이제 되먹지 못한 혼자만의 싸움을 깔끔하게 접기로 했다. 나는 거주 지역 인근의 베이커리 공장에 입사할 계획이었다. 단순 작업에 몰입함으로써 열정적인 우울과 작위적인 창작 활동을 종료하기로 결심했다. 이미 작업하고 있던 글들도 '먼 훗날'이라는 지켜지지 않을 기약 속에 구겨 넣은 참이었다. 쓸모없는 글쓰기는 종료되었다.

지난 퍼블리셔스테이블 행사에서도 나의 한계점을 깨달았다. 열의를 다해 설명하고 재차 설명하지만 나는 누군가가 찾아오는 부류의 작가는 아니었다. 자신을 세일즈하지 않으면 결코 앞날을 향하여 한 걸음조차 디딜 수 없는 작가라니. 내 작품들이 청과점 매대에 걸린 사과, 배, 복숭아들처럼 보였다. 그러자 속에서 신물이 솟구쳤다. 첫 작품이 나온 지 아직 1년도 되지 않은 시점에서 나는 권태와 포기를 포옹했다.

행사가 종료된 바로 다음 주에 예약된 상담 치료를 받게 되었다. 그간 매우 활기차고 낙관적인 모습이었다가 별안간 의욕을 상실하고 파괴적인 감정 상태에 치닫자, 2주 정도였던 상담 치료 주기도 1주 간격으로 짧아지게 되었다. 수도 없는 번민에 의아해하던 선생님은 내게 글 한 꼭지를 가져와 달라 요청했다. 물론 보여드리고 말고는 내 자유였지만 어쩌면 선생님이 마지막 독자일지도 모른다는 생각에, 프린트한 원고를 투명 파일에 조심스레 넣어 고이 가져왔다. 선생님께 글을 보이며 숨죽여 기다렸다. 선생님은 진지하게 글을 읽어나가며 몇 문장마다 밑줄을 치거나 짧은 필기를 했다. 마지막 문장을 다 읽었을 때는 이전보다 더 심각한 표정을 짓고 있었다. 나는 졸작의 말로를 받아들일 준비가 되어 있었다. 하지만 돌아온 대답은 의외였다.

　"재미있는데? 계속 써봐 단우씨. 확실히 재능이 있어. 응, 정말이야. 재능이 있어. 그렇지만 이 부분은 아닌 것 같아."

선생님이 진하게 밑줄을 친 부분을 읽어갔다. 그 부분은 나를 현저히 낮추고 문제 현상만을 도드라지게 만드는 표현이었다. 저편으로 밀려난 자아들. 그리고 이에 대한 기록들. 선생님은 쓰는 일의 마비 증상을 해체해갔다. 내 주된 증상은 쓰는 일의 결과이자 하나의 현상일 뿐. 영원히 만질 수도 이룩할 수도 없는 환상의 빛으로부터 나를 고립시키고, 쓰는 행위로 내 숨을 조여가는 것이 가장 큰 문제였다.

나는 살고자 글을 쓰고 있었으나 한편으로는 편협한 사고에서 탈출할 방도를 알아내지 못한 채 글로써 무엇인가를 이루려 노력했다. 곧 열등한 나로부터의 해방. 삼류 작가의 버뮤다 삼각지대. 열등한 자아의 의식이 곧 영혼의 올가미가 된 줄 진즉 알고 있었음에도, 발버둥 치려는 모든 노력은 분노와 회의감의 늪에 가라앉고만 있었다.

"글을 쓰고자 하는 욕망은 살고 싶은 욕망과도 같은 것이겠지. 살기 위해 글을 써야 해요. 자신을 살리기 위해서 글을 쓰세요. 나에게 생명을 줄 수 있는 글을요. 대신에 치유의 글쓰기를 시작하기만 한다면, 그 빛은 반드시 타인에게도 비칠 겁니다. 다른 무엇을 위해서가 아니라 바로 단우씨 자신을 위해서 글을 쓰세요. 그것이 진정한 창조성입니다."

나를 부여잡고 있던 글들은 무엇을 향해 날개를 펼치고 있었을까? 동시에 그 글들이 부여한 혜택은 무엇이었을까. 빈손으로 남겨진 내 손이 어긋난 희망을 휘젓고 있다. 불안 역시 동일시된 세속의 환상이었을 뿐. 붙들렸던 사고에서 떨어져 나와 객관화된 시선으로 나를 바라보니 욕망과 욕망의 더미 속에서 풀 죽어 있는 자신이 보였다. 이전까지 나의 글쓰기는 진정 쓸모가 없었구나.

이전과 달리 생명을 품을 수 있는 글이 필요했다. 결과로서 모든 것이 증명되는 세상이라지만, 내가 드러낼 수 있는 것은 오로지 글 속 깊숙이 들어있는 사랑과 치유의 힘, 그것뿐이었음을. 본디 이런 글을 써야 하건만 타인의 바람만이 가득했기로, 진정한 나를 잃은 글은 진보할 수 없었다. 아, 이렇게 속물적인 자아라니. 내가 몹시 부끄러워졌다.

나는 집필하는 것을 내려놓고 일기장을 펼쳤다. 펼쳐진 책의 문구들을 꾹꾹 눌러썼다. 글이 지닌 웅대한 생명력이 내 영혼의 형편을 살피고, 돌보고, 입히는 힘이 되기를 바라면서. 그간 소외되었던 치유의 평원을 오랫동안 걸으며 자라난 식물들을 돌보았다. 아직 겨울을 걷어내지 못한 그 공간에 생명을 담은 글들을 재차 써 내려갔다. 얼마나 시간이 지났을까? 어느덧 겨울의 모진 바람이 가라앉고, 싹눈이 여린 낯을 드러냈다. 가까스로 살아난 생명을 향해 무릎을 꿇고 눈물을 흘렸다. 나는 슬픔에 지지 않을 것이다.

오랜만에 펜을 들었다.

찬란하고 아름답게

그녀의 사랑은 어디쯤 놓여 있는 것일까. L은 기나긴 연애에 방점을 찍었다. L의 아픔을 가늠할 길이 없던 나로서는 어떤 위로로 L을 감싸주어야 하는지 알 수 없어 주변만 서성였다. L은 처연함을 뒤로하고 새로운 사랑을 찾아갔다. 아물지 못한 가슴을 남몰래 숨기고서 사랑의 갈래 속에서 허우적대던 L은 울고, 웃고, 때로는 매달렸으며, 분노를 떨쳐 버리려 온 힘을 다했다. 그녀의 사랑은 겉보기엔 그대로 남아 있는 듯해 보였으나 소진된 마음을 감출 수는 없었다.

L은 사랑을 향하여 부단히도 달렸다. 사람마다 사랑의 모양이 다르듯 L이 가진 사랑으로서의 견식(見識, 견문과 학식)은 남달라 보였다. L은 세상의 외벽을 함께 감당해줄 이를 찾았고, 그녀가 사랑이라 부르던 이들의 바람은 오염된 것들이었다. L은 움츠러들었다. 그리고 내게 물어왔다. 사랑이 있는 것이냐고. 왜 그들의 사랑과 나의 사랑은 다른 것이냐고. 반복되는 외침을 감당할 수 없을 때는 '나도 모르겠어'라는 바위 뒤로 숨어버리곤 했다. 그렇지만 이대로 두면 그녀가 머지않아 날아가 버릴 것만 같았다. 여린 깃털 같은 L을 완전히 놓아버릴 수 없는 노릇이었다. 그래서 나는 다시 L의 곁으로 자리했다.

L은 자신을 INFP로 소개했다. 그녀를 쥐고 흔드는 슬픔이 마음을 동여매는 순간마다 그녀는 자기만의 방으로 들어갔다. 굳게 잠겨버린 문은 L을 세상으로부터, 동시에 사랑으로부터 한없이 고립시켰다. L이 훌쩍 떠나버린 시기에 나는 애써 끌어당길 묘수를 떠올리지 못했다. 자생력을 회복하게 된다면 반드시 눈부신 미소로 돌아올 것이라고 끊임없이 소원했다. 홀로 가라앉아 있는 시기가 지나면 어김없이 돌아오곤 했으니. 잠깐의 흐름을 잃고도 곧 이어가면서 L은 마음이 단단해져 갔다. 상처 앞에서 의연해지기가 쉽지 않았겠지만, 그녀의 마음에 생채기를 낼 신호가 보이더라도 더는 그녀를 돕거나 구하려는 마음을 지닐 필요가 없다고 여겼다. L은 초연해지고 성숙해져 갔다. 나는 그녀를 만나러 휴가를 내고 기차에 올라탔다.

오랜만에 만난 그녀의 모습에 나는 염려를 덜 수 있었다. L은 까르르 웃었다. 뒤이어 눈물을 보이다가도 금세 털어버리고 내 팔짱을 꼈다. 이토록 사랑스러운 존재가 있을까 싶었다. 발설하는 감정들이 노골적이지 않게, 그리고 정중하면서 친절하게, 자신을 드러내고도 타인과 충분히 어울릴 수 있게 끌어나가는 태도에서 감탄했다. 속에 다 담아두지 못한 열정이, 빠르게 넘겨지는 책장처럼 내게로 펼쳐졌다. 나는 진득이 앉아 그녀의 눈을 바라보았고, 친밀함과 애정을 느꼈다. L이 내 손을 잡아주었다. L의 손은 거친 사랑의 계절만큼이나 차갑게 떨려왔다. 나는 돌아가는 기차 편의 시간을 늦추고 자리를 좀 더 지키기로 다짐했다. L의 손이, 마음이 따스해지기까지.

사람의 빛깔을 그릴 수 있다 해도 L에 관하여는 어떤 빛깔도 입힐 수 없을 것이다. L의 사랑을 우주 안에 전부 담아둘 수 있을까. 진심과 진심으로 이어지는 것. 단지 그것만을 바라던 L에게 있어 상처를 준 남자들은 분명 칠흑 같은 어둠의 색일 테다. 그토록 바라던 여인을 어떤 형태와 물질과 조건으로 덧칠하려는 그 계략들은, 사랑의 순수성을 저해하는 악랄한 영혼들임이 틀림없었다. 무엇인가를 버리면 사랑이라는 대가를 주겠다는 저마다의 기율(紀律, 질서와 규율)에 움츠러든 L은, 김기림의 시 「나비와 바다」에 등장하는 나비와도 같이 날개가 온통 물결에 절어버렸다.

마침내 그녀는 바다를 떠나기로 결심했다. 그들과의 만남이 이어지고 있었을 땐 그들이 L을 둘러싸고 거짓을 토해 냈지만, L은 진실이 아님을 알면서도 어쩔 수 없이 그것들을 받아들여야만 했다. 옷 좀 새로 사, 살을 빼, 내가 원하는 구두 스타일이 아니야, 많이 먹는 편이네, 네가 믿는 신을 버려……. 연인, L이 그들의 연인이라는 이유로 말이다. L은 다만 그들이 인생의 동반자가 되길 바랐지만, 그들은 어떤 욕망의 복리로서 그녀를 휘두를 뿐이었다. L의 상처 입은 날개를 보고 분통이 터진 나는 L만큼 가슴으로 울었다. 그녀의 바람은 어디까지 도달해야 하는 것일까. 왜 신은 그녀를 무겁고 고독하게 만들고 있는가.

짊어지고 있던 짐들을 홀가분하게 내려놓자 L은 달라졌다. L은 연애의 고난을 거치며 ENFP로 변화해 갔다. 실은 L이 INFP라기보다는 그쪽이 더 알맞은 사람이라고 내심 확신하고 있던 터라 크게 놀라진 않았다. L은 까닭 없이 절망을 부여하는 말들과 비쭉이는 시선들로부터 위축된 지가 꽤 되었으니 말이다. 나의 응원도 한낱 사라져버릴 어떤 말뿐이라고, L의 어딘가에 가 닿을 수 없는 기도만 할 따름이었다. 그랬던 L이 본연의 목소리를 발견하고 외부로, 거짓의 외피를 뚫고 나가 막연한 우주로 향해 걸어가고 있다. 그녀의 사랑은 적극적이다.

"괜찮아졌어?"

"그냥 나는 나대로 살기로 했어. 나를 있는 그대로 사랑해주는 사람. 어떠한 계산도, 거짓도, 상대를 바꿔야 할 마음도 없는 사람. 나는 그런 사람이 필요했어. 나를 어떤 기준에 옭아매는 것이 아니라."

나는 기쁨으로 노래하는 그녀의 자리에 반드시 환희가 도래하리라 믿는다. L의 영혼을 할퀴고 돌아섰던 이들은 부디 상실감으로 매일을 살아가길 바란다. L의 포기를 바란 만큼이나 자신의 것을 전혀 내어주지 않은, 죽을 때까지 결코 사랑을 알 수 없을, 못나고 가련한 사람들. L의 사랑은 더할 나위 없이 찬란하고 아름답다.

사랑의 침묵

십여 년 전에 〈사랑의 침묵〉이라는 영화를 본 적이 있다. 혼자라는 말이 어색한 시절들. 휴대폰도 끄고 한 시간 반 이상이 걸리는 길을 따라 독립영화를 감상할 수 있는 영화관을 찾아갔다. 비교적 오래되지 않은 시점에서 사표를 제출한 뒤, 여러 차례의 번복 끝에 직장과 결별한 차였다.

당시 알바생에 불과했던 나로서는 무기한 계약직이라는 공공기관의 파격적인 제안을 잡지 않았는데, 세상의 소란과 트인 공간에서 벗어나 오롯이 혼자를 지키고 싶었기 때문이었다. 나는 동료들을 괴롭히는 이들(진상으로 일컬

어지는)과 잘 소통하며 상황을 무마시키는 역할을 잘 해내는 사람이었다. 그것이 감당할 수 없을 만치의 피로감을 주지도 않았을뿐더러 안정된 급여를 받고 계약직을 수행하며, 종래에는 시험에 통과했을 때 남들이 부러워할 만한 지위에 올라설 수 있었다. 성취감이 고조되었을 때 나는 집행을 하고 보고를 하는 것, 일면식도 없는 사람과 빈번하게 얼굴을 마주하는 것이 퍽 지루해졌다. 일의 권태가 삶의 자리에 연결된 것도 아닐 텐데 말이다. 곳곳에 다시 돌아가 일할 자리를 마련해두고선, 나는 그렇게 작별 인사를 고했다.

더욱 새로운 것에 도전하고 싶은 욕구는 퇴사 전 무기력하게 타이핑을 치고, 조회 버튼을 누르고, 인쇄물을 출력하는 과정에서 들끓어 올랐다. 부족할 게 없는 상황. 미래가 보장된 삶. 미래의 내가 한탄할 수 있는 조건들. 그곳에 있었더라면 나는 시험도 합격해 여지없이 공무원이 되어 있었을 테다. 허나 출근 버스를 올라탈 때마다 나의 발걸음은 자꾸만 소리를 내었다. 가지 말라고. 지금 여기에서 다시 생각해보자고.

직장은 항상 분주했다. 분주함 속에서도 느긋함의 태도를 견지하는 것은 대단히 중요한 일이었다. 나는 바쁨을 뒤로 한 채 산책을 하고, 커피를 마시고, 대담하게도 낮잠을 자기도 했다. 그렇지만 일의 차질은 전혀 발생하지 않았다. 아무도 내게 뭐라고 할 사람은 없었다. 나는 일을 잘 해내는 매우 훌륭한 사람이었다. 이런데도 나는 그 '훌륭함'이 과연 참일지 아니면 허상일지 문득 궁금해지기 시작했다.

한 번은 민원실을 뒤집어 놓은 사건이 벌어졌다. 공공기관 서류 제출을 목적으로, 혹은 서류 발급을 목적으로 방문한 민원인들이 북새통을 이루면서 줄이 얽히고설켜 버린 것이다. 이런 탓에 서로를 향해 빗발치는 시비와 욕설, 기어이 일어난 몸싸움을 말리느라 온통 난장판이 되었다. 그러던 중 어느 중년 장애인 남성이 신체의 불편함을 호소하며 양보의 미덕을 보이지 않은, 내 옆자리의 상사에게 욕지거리해댔다. 삽시간에 진동하는 상스러운 욕설들. 급기야 눈물까지 흘린 상사분을 대신해 내가 일 처리를 도맡았다. 그들의 숫자가 줄어들자 금세 고요하고 안락한 공간이 되었다. 아침마다 틀어놓던 잔잔한 클래식 음악의 선율이 이제야 들리기 시작했다.

그때 나는 처음으로 권태와 피로를 느꼈다. 그 자리에서 상사를 도울 수 있는 사람, 일 처리를 대행할 수 있는 사람은 온전히 나뿐이었다. 이런 일들을 앞으로도 줄곧 감내할 수 있을지 처음으로 의문이 들었다. 집에 돌아와 따뜻한 물로 샤워를 하고 마음을 다스리는 음악을 틀었지만 몇 초 지나지 않아 정지 버튼을 눌렀다. 그것마저도 내겐 지나친 소음으로 작용했다. 침묵. 나에게는 자신을 발견할 수 있는 침묵이 필요했다.

약간의 헤맴을 마무리하고 영화관으로 들어가 가장 푹신한 자리에 앉았다. 영화를 관람하러 온 관객의 수는 나까지 포함해서 고작 3명. 러닝타임 106분 동안 침묵과 기도의 시간이 이어졌다. 새 소리, 멀리서 들려오는 도로의 소리, 짧고 낮게 소곤거리는 수녀들의 기도 소리. 침묵이 이어지는 속속들이 영혼에서 실오라기가 빠져나가는 느낌이 들었다. 어떠한 형언 없이도 충분히 사랑을 전하는 마음. 나는 그들이 모은 침묵의 순간에 뒤따라 가슴 위로 기도의 손을 포갠다. 쓸모없는 소음들이 사멸되어 간다. 이전 직장의 자리에 남겨진 나의 아득한 자국마저도.

침묵의 아지랑이가 나를 피워낸다.

P인데 청소일을 할 때

방이 온통 돼지우리다. 청소일을 하면서 이 현상이 두드러졌다. 다른 이의 집을 깨끗이 청소하는 것은 굉장히 자신 있는데, 정작 내 집은 그러하지 못하다. 전작 『사모님! 청소하러 왔습니다』에서는 집의 상태가 곧 그 사람의 마음가짐을 의미한다고 써놨더랬다. 내 마음은 몇 마리의 날파리들과 곧 무너져 버릴 듯한 책더미들 사이 중 어디쯤 놓여 있는 것일까?

나는 계획을 자주 세우지만, 번번이 실패하고 마는 즉흥의 아이콘, P형이다. 자유로우면 자유롭게, 인생을 룰루랄라 사는 유형인 게 맞을 텐데, 직업은 이다지도 나와 반대되는 성향의 것만을 하게 된 건지 도통 모르겠다. 고객이 정해준 시간 내에 회사가 정해준 루틴대로 차근차근 청소해 나가야 하는 건, 나도 모르게 은근한 압박으로 받아들여진 듯했다. 모종의 이유로 인해 청소일을 그만두자, 신기하게도 만성적이던 건망증이 줄어들었다. 건망증은 우울증의 한 증상이었다. P형이 P형답게 살아가지 못한 방식들이 스트레스로 작용하고 있었나 보다. 처음에는 우울증과 뜻 모를 통증으로 다가왔던 것들이, 홀가분한 기분과 함께 서서히 끈을 풀어가고 있다.

그런가 하면 시엄마(이하 엄마)는 여전히 청소일을 하신다. 간혹 내 책을 읽어보신 분들이 청소일을 계속하는 중이냐며 물어보실 때마다 "엄마는 청소하시고, 저는 쉬고 있어요"라고 대답한다. 엄마는 청소일의 끈을 놓지 않고 단골들의 집을 방문하신다. 처음에는 가가호호 찾아가는 일이 쉽지 않았다. 옛날 세대인 엄마에게는 핸드폰 조작도 쉽지 않았기 때문이다. 카톡과 카카오맵을 깔아드리며 기본적인 앱 사용법을 익히기는 했지만, 그마저도 이동이 잦은 청소일에 있어서는 기억을 더듬어 차근차근 수행하기엔 쉽지 않은 형편이었다. 어느 정도 숙련되면서부터는 그녀 스스로 새로운 길을 찾아 고객을 확보하기에 이르렀다. 거주 지역에서 지척이면 다행일 법도 하건만, 심지어 타 지역까지도 찾아가는 그녀의 적극성에 감탄을 금치 못한다.

"이렇게 살아도 되는 줄을 몰랐지."

엄마는 말했다. 그리고는 이내 촉촉이 차오르는 눈가를 슬그머니 훔쳤다. 엄마는 고단한 세월을 보냈다. 홀로 아들 둘을 먹이고 입히느라 어떠한 궂은일도 마다하지 않았다. 그리고 그 궂은일들은 엄마가 젊었을 때 선택했던 일과는 전혀 다른 성격의 것이었다. 그녀는 음식을 나르고, 누군가가 먹다 남긴 흔적들을 치우기도 했으며, 인형의 눈도 기울 줄 알아야 했고, 종이를 돌돌 말아 장미꽃을 만들거나, 얼굴이 붉게 달아오르도록 남이 먹을 고기를 구워야 했다. 그녀의 일과는 오롯이 자신의 것이 될 수 없었다. 본인의 인생이면서도 자기가 상실된 인생살이. 엄마는 눈물을 억누르며 버텨왔다.

그리고 커리어의 변곡점이 찾아왔을 때 엄마는 무너졌다. 이것도 자의로 된 인생이 아니었다. 경험해보지 않고, 걸어가 보지 않은 길을 걷는 것은 젊은 사람이나 나이 든 사람이나 할 것 없이 모두에게 두려운 일이다. 엄마 역시 접점이 없었던 직업을 업으로 삼아야 하는 것에 상당히 고민하면서 두려움을 마주해야 했다. 활달하게 일했던 젊은 나이에는 이런 두려움이 적었을지 모르나, 이제는 생을 지탱하고 있는 것들을 깊이 고려해야 하는 때가 온 것이다. 비록 주춤거림이 있었지만, 시간은 길지 않았다. 해오던 것들의 경험치와 인생 전반적으로 축적된 지혜들이 엄마의 마음에 새로운 기운을 북돋웠다. 엄마는 진정으로 길을 잃은 것이 아니라, 잠시 방향을 꺾어 가느라 길 위에 잠시 멈춰 섰을 뿐이었다.

엄마는 당당하게 운명을 거머쥐었다. 제 손에 쥐어지는 것들에 대해 자랑스럽게 증명하기도 했다. 그 변화를 관찰하는 나로서는 적잖이 놀랄 수밖에 없었다. 내가 생각한 것 이상으로, 엄마는 거대한 사람이었다. 나는 청소일 외의 일들로 매우 분주했고 몇몇 병치레를 겪었다. 임시 휴업이었던 청소일은 더는 돌아갈 수 없는 길이 되어버렸다.

그런가 하면 엄마는 자신이 개척해낸 그 길 위에 뚝심 있게 올라섰다. 나는 엄마가 겪었던, 청소일의 디테일한 에피소드들을 경청하며 웃고 울었다. 그리하여 유머로 승화하는 그 말재간에서 웃고, 기백을 잃지 않는 유연함과 우아함에서 울었다. 나의 방이 지저분해지는 데 비해 엄마의 방은 정갈하다. 방 주인이 청소부여서가 아니라 삶을 대하는 자세가 올곧고 정직하기 때문에 그럴 것이다. 아침에 어지러웠던 내 방이, 저녁이면 가지런하다. 추정컨대 엄마의 손길이 닿은 모습을 보노라면 존경으로 둘러싼 파도가 온통 요동친다. 나도 그렇게 살아야겠구나.

이렇게 살아도 되는지 몰랐다던 엄마는, 자신의 결을 일과 일 속에 매몰된 계획들 속에 맞대고 있었다. 그렇지만 청소일을 시작하고서 스스로 원하는 시간에, 원하는 일감을 찾아, 가고 싶은 지역에 방문할 수 있는 자기 주도권을 얻자 자유로운 영혼이 되었다. 엄마는 INTJ다. 나는 INTJ를 존경하게 되었다. 한계가 없는 엄마의 걸음에 크고 작은 날개들이 뒤이어 달리기를 바란다. 청소일을 하고, 그림을 그리고, 때론 드럼을 치며, 인생의 여유를 만들어가는, 내 소중한 이에게 축복만이 가득하기를.

갓생

갓생을 살고 싶었다. 갓생이란 영어 God과 인생을 뜻하는 한자 생(生)을 연결 지어 만든 신조어이다. 즉 자신에게 집중하기 위해 부단히 노력하고 목표한 바를 이루려 실천하는 바른 생활의 본분이다. 흔히들 말하는 아침 루틴, 긍정적인 삶을 이루는 자신만의 패턴 등이 이에 포함된다.

나 역시도 이런 성취를 이루고 싶었다. 작지만 꾸준한 노력의 성공을 이루게 된다면 자족하는 마음이 생겨 인생을 살아갈 자신이 생길 것으로 생각했기에, 나는 갖은 노력을 기했다. 꼭두새벽에 일어나 평소에도 잘 읽지 않던 어려운 고전 소설들을 읽는 건 물론이거니와 퇴근 후 지친 몸을 휘적이며 정해진 루틴의 운동을 했다. 몸속 어딘가 삐걱거리는 그림자가 있었지만, 훌륭한 나를 만들기 위해서 응당 희생해야 할 요소라고 넘겨짚었다.

나는 살기 위해서 더욱 달려야 했다. 살기 위해서.

각종 환상을 구체적으로 실현해 줄 만한 것들이 점차 숨통을 옥죄어 오고 있음을 깨달은 것은 차가운 병실 안에 있을 때였다. 나는 영원히 도달할 수 없는 것들을 바랐다. 그리워했다. 사랑했다. 그리고 마침내 패배했다. 나를 온전히 만족시킬 행복 따위는 인공적으로 생성되지 않는다는 사실을 받아들일 수밖에 없었다. 내가 할 수 있는 일이라곤 키보드를 두드리며 낭패 섞인 하루를 흘려보내는 것뿐, 별다른 방도가 없었다.

지난 노력을 등진 채 집필 작업이 일상을 채워갔다. 글을 쓰면 쓸수록 나의 망상이 비워졌다. 누구보다 더 앞서고, 잘 나고, 특출나 보이려는 비교의 호흡이 사그라들었다. 글은 곧 치유의 숨. 더듬대며 토설한 마음이 갓생 말고 진생(眞生, 진실된 삶)의 나에게로 달려간다. 행위는 일전의 것과 같을지라도 목적지도, 이유도 서로 다른 달리기가 연거푸 일어난다. 여러 개의 '나'가 자신을 향해 달린다. 나에게로. 더욱더 나에게로.

지난번, 심리예술공간 〈살다〉에서 "자기 보호 워크숍"에 참여하게 되었다. 가지각색의 천을 활용하여 나의 심정을 표현하기도 하고, 뛰고 걸으며 나의 호흡을 몸소 경험하기도 했다. 몇 개의 의자를 쌓은 오브제를 통해 경계가 많고, 방어적이며, 동시에 외부에 비치는 자신에게 끊임없이 상처 주는 모습들을 마주할 수 있었다. 그리고 머저리 같은 소망의 결론이 무엇인지 뚜렷하게 확인하게 되었다. 한껏 제멋대로 살며 잘살고 있다고, 이대로만 잘 해내면 갓생을 살 수 있을 거라고, 세상을 향해 외쳤던 목소리들이 어떠한 보상들로 돌아오고 있는지 좀 보라고. 이런 방식으로 나는 스스로 속고 있었다. 진실한 자아는 줄곧 거기에 놓여 있었다. 병실. 무기력한 시선이 머물렀던 병원의 침대 위에서.

나는 워크숍 참가자들과 함께 감정을 끄집어내는 작업을 진행했다. 감추어둔 감정들, 특히 억압된 것들을 마구잡이로 꺼내 펼쳤다. 빈 종이에 쓰인 감정들은 다양했다. 후회, 애정, 트라우마, 걱정, 감사, 힘듦, 소외감 등. 뒤이어 우리는 펼쳐진 감정 중에서 가장 지우고 싶은 것을 선택해야만 했다. 처음에 나는 걱정을 집어 들었다가 내려놓았다. 걱정은 속내를 드러내기엔 겉도는 개념이라는 느낌이 들었기 때문이다. 그 대신 '잘하고 싶어'라는 말이 적힌 종이가 눈앞에 들어왔다. 잘하고 싶어. 완벽해지고 싶어. 잘나 보이고 싶어. 내가 나한테 해왔던, 가장 상처 되는 말. 지금 혹은 이전의 나를 완전히 부정하고, 허상의 나를 빚기 위해 채찍질하던 과거가 떠올랐다. 순간 숨이 가빠졌다.

우리는 각자의 방식대로 종이를 처리했다. 종이의 말들도 함께 사라져버렸으면 하는 바람을 담아서. 나는 잘하고 싶고, 잘 살고 싶었던 엄격함을 종이비행기로 접어 버렸다. 날아가라. 날아가 버려라. 이곳에서, 나에게서, 세상에서. 그렇게 날아 가버리면 부족함을 삶의 더미로 얹어 살아갈 테다. 나는 연약하지만, 절대로 나약하지는 않다. 허술함은 나의 무기. 부족한 나를 보호하는 것만이, 이렇게 부족한 나를 사랑하는 것만이 진정한 인생임을, 나는 잔뜩 병든 뒤에야 깨달았다. 자칫 오늘을 살고 내일을 잃을 수도 있겠구나. 그만두자, 이 불완전한 완벽주의자야.

돌이켜보면 참 우스운 일이다. 하늘에서 굽어 내려다보면 하등 똑같은 인간사일 텐데, 우리는 대체 무엇을 기준으로 서로를 대어 보는 것일까. 잘 사는 것에 대한 경로를 알고 싶다. 이 땅에서는 발견할 수 없는, 비밀스러운 삶의 경륜을. 다만 아픈 경험을 반추하면 할수록 괜한 허깨비를 쫓지 않기를 바랄 뿐이다. 인생은 거대한 과업이 아니라, 사는 내내 동반하며 친밀해지는 관계이니까 말이다. 이렇게 볼 때 어쩌면 삶이란 게 커다란 유기체와 같다는 생각마저 든다. 생동하는 유기체 속에 움트는 나의 의식이여.

인생의 손을 맞잡고 야생초가 무성한 풀밭을 헤치며 나아가는 나의 모습을 그려본다. 그렇게 생각하니 애써 긴장할 필요가 없어졌다. 나는 인생을 잘 살고자 하는 지향적인 목표가 아니라 나의 벗으로, 자녀로, 강아지로, 그런 사랑스러운 꼴로 인생의 목적을 잔뜩 포용한다. 우리는 언제까지나 함께 사랑하는 반려자로 살아갈 것이다.

나이가 들면서 성찰의 방향도, 깊이도 달라져 간다. 더불어 인생에 담았던 힘도 차츰 느슨해지고 있다. 육신이 쇠약한 탓도 있겠지만 어렵사리 잡은 깨달음의 손을 꽉 쥘 필요가 없음을 이제야 나는 알았다. 내가 그에게 천천히 기대어도 꽤 좋은 경험을 할 수 있다는 것을. 나는 온전하고 투명하게 그를 바라본다. 나는 앞으로도 웃을 것이다. 지금보다 더 넉넉하게.

내일도 행복 하자.

귀여워서 INFP

하늘이 멎었다.

나는 구부러진 어깨를 열어 젖힌다.

세상의 소음이 삭제되고

겹겹이 찢어진 고요가

새벽의 손을 맞잡는다.

PART 5.

이렇게 하면 다 의미가 있어 보여

우리는 테라스 자리에 앉았다. 그는 느긋한 성격대로 빨대를 빙글빙글 돌리며 커피를 마셨다. 쨍쨍거리며 부딪히는 얼음들이 조금은 거슬렸다. 약간의 눈짓과 찡그리는 미간으로 눈치를 줬지만, 그는 괘념치 않았다. 그래서 우리 사이에 놓인 잔잔한 것들보다, 우리를 둘러싸고 있는 것들에 대해 고개를 돌렸다. 이윽고 각진 얼음도 다 닳아버렸다. 그는 할 일이, 혹은 더 할 말이 있느냐고 물었다. 나는 없다고 했다. 그러자 그는 이제 슬슬 일어서자고 했다.

그는 관찰을 좋아한다. 자기 자신 외에 어떤 사람들이, 어떤 모양으로 살아가는지 궁금해한다. 그런 게 왜 궁금하냐고 물을 때마다, 그게 삶이라고 말했다. 나는 도통 이해할 수 없었다. 타인에게서 어떻게 삶을 들여다보느냐고. 자기만의 삶이 더 중요한 것 아니겠냐고. 곁에서 따지듯 떠들어 대도, 그는 싱긋 웃으며 풍경들과 눈맞춤 할 뿐이었다. 이봐요, 삶이 대체 무엇인가요? 내가 직관적이고 추상적인 걸 선호하는 사람이긴 하지만 이건 도통 모르겠어요.

그를 만난 건 여름이었는데, 나는 그보다 먼저 와 있었다. 기다리는 동안 똑같은 짓을 해보았다. 커피는 없으니까 속으로 얼음을 딸깍딸깍 돌리며. 아무렇게나 털썩 주저앉아 사람들을 관찰했다. 더위에 지쳐 배를 한껏 드러내며 돌아다니는 할아버지, 데이트에 들뜬 남녀, 뭐가 그리 재밌는지 깔깔 웃어대는 고등학생들, 헥헥거리면서 열심히 걷는 강아지. 흔한 풍경 따위가 무슨 삶이라는 건지. 나는 물었다.

"뭐 보고 있었어?"

"왔어? 응, 그냥."

"그냥 뭐?"

그는 답을 하는 대신, 내 손을 잡았다.

글쓰기 수업에서 영화 스크립트 하나를 필사하는 과제를 받았다. 영어도 못 하는 마당에 외국영화를 필사할 수는 없는 노릇이고, 국내 영화를 골라야 하는 상황이었다. 그것도 글쓰기에 도움이 될 만한 작품으로. 근데 특유의 반항심이 솟아올랐다. 흔한 건 싫어, 난 좀 독특한 거였으면 좋겠어. 이런 심보로 왓챠를 켜니 흥행작들이 넘실대고 있어 매우 곤란하기 짝이 없었다. 노트북 앞에 한참을 멍하니 앉아 있자 그가 다가왔다. 뭐 하고 있느냐는 말에 자초지종을 설명했다. 그는 1초도 망설이지 않고 바로 대답을 꺼냈다.

　"〈미술관 옆 동물원〉 봤어?"

　그의 추천작을 접수하자마자 검색해 플레이 버튼을 눌렀다. 익숙한 멜로디, 낯선 화면. 익숙한 감정, 낯선 감성. 스크립트를 필사해야 하는데 영화의 매력 속에서 완전히 풍덩거리게 되었다. 한 번, 두 번, 세 번. 연이어 돌려봐도 영화가 전달하는 장면들이 매혹적이었다. 차라리 저 속에서 살았으면 하는 바람까지 들 정도였다.

작품 속 주인공인 춘희는 결혼식에서 사진기사 알바를 하며 저녁에 시나리오 공모전을 준비한다. 한편 철수가 군대에서 휴가를 받고서 여자친구의 집에 돌아온 날, 일을 마치고 돌아온 춘희와 마주친다. 춘희는 다짜고짜 이 집이 자기 집이라고 주장한다. 알고 보니 철수의 여자친구는 음성 메시지에 이별 통보를 남기고 훌쩍 떠나버린 것. 이미 철수는 여자친구가 내지 못했다고 생각한 월세(사실은 춘희가 밀렸는데 말이다!)를 대신 다 갚아버렸으니, 춘희도 철수를 마음대로 쫓아내지 못한다. 옥신각신하는 가운데 춘희의 시나리오를 같이 고쳐나가며, 그들은 각자의 사랑 방식에 대해 고민하게 된다.

그러다 한번은 철수의 전 여자친구에게서 연락이 온다. 갑작스러운 이별에 대한 철수의 미련 섞인 하소연을 들어주겠지만, 대신에 춘희도 함께 따라와야 한다는 것. 그리하여 철수의 그녀를 만나러 가는 길. 춘희는 뜬금없이 손가락으로 네모 프레임을 만들어, 세상을 바라보는 시늉을 한다. 그게 마치 카메라라도 되는 양. 운전 중인 철수가 거슬린다는 태도로 뭐하냐고 묻는다. 춘희는 사랑스럽게 웃으며 대답한다.

"이렇게 하면 다 의미가 있어 보여."

그리고 다시 여름이 왔다. 그가 오기 전까지는 아직 삼십 분이나 더 남았다. 눈앞으로 여러 사람의 다리가 왔다 갔다 하고 다양한 향기들과 알록달록한 소리가 지나다닌다. 문득 〈미술관 옆 동물원〉의 춘희가 생각났다. 춘희처럼 손가락 프레임을 만들어 세상을 들여다봤다. 분명히 내가 아는 세상은 맞는데, 한편으로는 내가 알지 못하는 세상인 것만 같은 기분. 다채로운 느낌이 퍼져나갔다.

프레임 속의 세상은 단순하고 다정했다. 삶은 원래 이런 것이었나. 지금껏 발견하지 못했던 미소들. 구름. 초록의 풍경. 늙음과 젊음. 어린이들의 생경하지만 굳센 발걸음. 먼 길을 타고 여러 이들의 소원을 실어 온 바람. 아직 어스름함을 막고 있는 여름의 볕. 어이와 어이로 이어지는 온정 어린 인사들.

춘희의 프레임 속에, 그의 시선 속에, 이런 것들이 있었던 모양이다. 우린 같은 공간 안에 있었지만, 왜 삶을 한 방향으로 바라보지 못했던 걸까. 아쉬움이 짙을수록 그가 더욱 그리워졌다. 그를 기다리면서 삶을 본다.

그가 보던, 사랑을.

안 맞아

[오늘 굉장히 즐거웠습니다.]

[그래~ 다음에 또 보자♡]

최악이다.

나는 어쩌다 이런 사람을 만났을까. K는 정말 별로다.

그해의 크리스마스는 짧은 인생을 통틀어봐도 가장 꼴 불견인 날이었다. 크리스마스 예배가 끝나자 사람들은 각자 소중한 사람과의 시간을 보내기 위해 황급히 자리를 떠났다. 예배당에 남아 꾸물거리던 나는 마치 방향을 잃은 들개처럼 서성거렸다. 약속도 없고 만날 사람도 없었다. 스물 셋의 크리스마스인데. 핸드폰을 열어 전화번호부를 뒤졌지만, 딱히 만나자고 연락할 사람이 없었다. 제아무리 친한 사이라 할지라도 크리스마스에 같이 있자고 연락하긴 좀 그렇지 않을까 싶어서. 가족들은 바빴다. 부모님은 휴일 없이 출근했고, 동생은 이미 여자친구와 데이트하는 중이었다. 나는 좀 전까지만 해도 점심과 저녁 약속이 연달아 있었다. 그러나 10분 전, 약속이 파투 났다.

[미안. 내가 다른 약속이 있는 걸 깜빡했네. 끝나고 가족 가게 일까지 도와줘야 해서. 정말 미안. 다음에 한 턱 쏠게.]

[아침에 만난 ○○이랑 시간을 더 보내야 할 것 같아서. 우리는 다음에 만나자.]

[회사에 급하게 소환됐어. 크리스마스인데 너무 하지 않니?]

이런 내용의 문자를 받은 터라 마음이 울렁거리는 걸 애써 견뎌야만 했다. "너는 뭐 할 거야?"라고 묻는 몇몇 사람들의 얼굴에 간신히 미소를 지으며 침묵을 다졌다. 물어봐서 뭐 하게. 어차피 네 갈 길 갈 거면서. 심란한 마음을 붙잡고 집으로 향했다. 반려견 디디와 산책을 하고 크리스마스 선물로 새 개껌을 주었다. 우리끼리의 크리스마스. 그래. 이것도 독특한 법이지 라며 나를 다독였다. 디디의 쿰쿰한 발 냄새를 맡으니 마음이 누그러지는 듯했다. 그러다 딩동 하고 문자 알람이 울렸다.

　[안녕! 지금 뭐 해?]

K였다. K는 활기찬 사람이었다. 우리는 온라인으로만 알고 지냈기에 일면식은 없었다. K가 주도하는 온라인 동호회가 있었는데, K는 이것을 오프라인 모임으로까지 이끌어 나가고 있었다. 모임 후기로 자주 올라오는 모임 사진이나 K를 둘러싸고 수없이 오고 가는 게시물과 안부들만 보더라도 K의 활약을 엿볼 수 있었다. K는 나와 달라도 너무나 다른 전형적인 외향인이었다. 온라인에서 이 정도이니 만약 K를 오프라인에서 만난다면 피로감을 어떻게 해소해야 할까? K를 만나기 전에는 반드시 대처 방법을 미리 익혀두어야겠다고 생각한 적도 있었다. 그런 K가 문자를 보냈다.

[나올래? 크리스마스 정모 있어. 우리 콘서트 열었는데 너도 보러 와.]

컴퓨터를 켜 보니 진짜로 크리스마스 콘서트를 진행한다는 글들이 몇 개 보였다. 조용히 크리스마스를 마무리할지, 시끌벅적하더라도 외로움을 조금이나마 해소할지를 고민했다. 머뭇거리는 게 느껴졌을까. K는 문자 하나를 더 보냈다.

[밥 사줄 테니까 어서 서울로 올라와.]

밥에 홀렸던 것인지 아니면 사람에 홀렸던 것인지. 나도 모르게 K가 말한 콘서트홀로 들어섰다. 프로필 사진에 올라온 K의 얼굴은 잔뜩 보정되어 있었는데, K를 찾을 수 있을까 싶었다. 나는 포토샵을 전혀 할 줄 모르니 그나마 내 셀카가 좀 덜 사기꾼 같을 거로 생각했다. 걱정도 잠시, K는 나를 바로 찾아냈다.

"야! 오랜만이야. 잘 지냈어?"

초면인데도 오랜만이라는 건 무슨 뜻일까. 나는 잠시 주춤하다가 어색하게 웃어 보였다.

"안……녕하세요."

"그래. 오느라 고생 많았어. 차 많이 막혔지? 밥은 먹었어? 아. 여기서 간단히 핑거푸드를 제공해주거든. 먹고 싶은 대로 마음껏 먹도록 해. 나중에 끝나고 나서 배고프면 시간 되는 사람들끼리 같이 밥 먹을 건데. 올 거지?"

쉼 없이 말을 이어가는 K의 언변에 완전히 말려 버렸다. 나는 '네'도 아니고 '에'도 아닌 중간 음을 내뱉었다. K는 대답을 듣기도 전에 휙 돌아 새로운 멤버들을 맞이했다. 뭐 저런 놈이 다 있어.

K는 콘서트 도중에도 말을 붙였다. 하우스 콘서트라고 해서, 아티스트의 스튜디오를 빌려 간단히 다과를 먹고 편안하게 진행되는 분위기였다. 그래서 자연스럽게 관람객끼리 얘기도 나누고 아티스트와 대화도 오가곤 했다. 내향형의 사람에겐 마음의 긴장을 풀어줄 수 있는 좋은 자리였다. K에겐 수다를 방출할 수 있는 좋은 계기가 되었겠지만. 중간마다 K가 말을 붙이는 게 영 부담스러웠다. 나는 피아노 연주와 황금빛 조명, 은은한 분위기에 녹아들고 있었다. 이 흐름을 깨는 게 바로 K였다. K도 콘서트를 즐기긴 했지만 "사람들과 함께하는 것"에 더 많은 집중을 하고 있었던 모양이다. 피아노 연주가 끝나면 열정적으로 박수를 치고, 옆 사람과 극찬을 하고, 사람들의 표정을 관찰하며 뭔가 더 챙겨줄 만한 것이 없을까 찾아다니고. 홀로 바쁘게 움직이고 있었다. 나는 K를 보는 게 퍽 피곤해졌다.

피로감이 입술의 끝자락을 축 늘어뜨릴 때쯤 허기가 몰려왔다. 핑거푸드 정도로는 배가 덜 채워진 것이다. 그래도 K와 함께 뒤풀이에 참석하기는 싫어서 빠르게 배를 채워갔다. K는 이런 나를 유심히 쳐다봤다. 그 시선이 느껴졌지만 아랑곳하지 않았다. 절대 눈을 마주치지 않으리라. K가 짓궂은 얼굴을 하며 은근히 다가와서

"너 몇 끼 굶었니? 푸하하! 한 며칠은 굶은 거 같은데? 조금만 먹어. 뒤풀이 가자니까 그러네. 여기 있는 사람들 다 가기로 했어. 너도 가야 해."

라고 말했다. 그 소리를 들은 사람들의 웃는 모습들이 한눈에 들어왔다.

우리 처음 보는 사이인데. 이건 실례 아닌가요. 실은 당신들도 온라인으로만 알았지, 오프라인에서는 초면인 사람들인데. 이렇게 웃는 건 그저 유쾌함 때문인가요, 아니면 비웃음인가요. 쑥스러움과 민망함이 절묘하게 섞인 느낌이 불쑥 올라왔다. 순간 비스킷이 목구멍에 걸려서 캑캑거렸다. K는 내 등을 팍팍 쳐주며 돕는 척을 했다. K가 등을 치는 손길이 내향인을 후려치는 외향인의 한 방과도 같이 느껴졌다. 눈물이 찔끔 나왔다. K는 오렌지주스를 떠 왔다. 그렇지만 그의 손길 따위가 하나도 고맙지 않았다.뒤풀이 안 가! 앞으로 너도 안 볼 거야! 나는 화장실을 다녀오겠다고 하면서 앙심이 차올라 K의 계정을 차단했다. 나중에 너 같은 사람이랑 만날 여자친구가 불쌍하다 쯧쯧이라고 비아냥대면서. 어디 잘사나 지켜본다 K야.

그로부터 일 년이 지난 후에 만난 K는 그때 일을 까맣게 잊고 있었다. 시간이 지나면서 나의 옹졸함도 풀렸다. K와 다시 그때를 얘기하게 되었다. 그는 나를 고의로 망신을 주려 한 게 아니라며 깊은 사과를 표했다. 서먹하던 관계에 화해가 피어났다. 그러면서 K와 여러 얘기를 주고받게 되었다.

　그중 하나는 단연 MBTI에 관한 것이었다. K는 ESFP라고 했다. 그때의 나는 T인 척하고 싶어 하는 INFP였던지라 검사를 할 때마다 일부러 INTJ가 나오도록 답지를 조작했다. 우리는 INTJ와 ESFP라는 정 반대형인 사람이라는 것에 신비로움을 느꼈다. ESFP였던 K는 상상 이상으로 자유로운 영혼이었다. 즉흥적으로 노래를 부르고, 신이 나면 아이처럼 웃고, 슬프면 눈물짓고, 사람들에게 한없이 다정다감한 스타일이었다(근데 나한테는 왜 그랬지?).

크리스마스의 사건에서도 K는 별 뜻 없이 나를 배려하고 친해지려 노력한 것이었는데, 그것이 되려 나에게 독이 되는 줄 모르고 서툴게 튀어나온 행동이었다. K의 배려 방식은 나의 것과 차이가 있었을 뿐 절대 나쁜 것이 아니었다. 나도 어리고 미성숙하다 보니 K의 배려를 속 깊게 읽어내지 못한 채 과잉 반응을 보였다. 지금 같았으면 너스레를 떨고 웃으며 넘겨버렸을 것이다(아니면 똑같이 등을 후려쳤을 수도). K를 점차 알게 되면서 ESFP의 다양성에 매우 놀라고 ESFP의 매력에 스며 들어갔다. 동시에 내 안에 억눌렀던 감정들이 하나씩 벗겨지는 걸 느꼈다. 이성적인 성향인 T인 척하면서 도리어 자신에게 상처를 주었던 것들이 흐물흐물해지는 것 같았다. 처음으로 열리는 감정의 문. ESFP와 닿으면 닿을수록 내밀한 변화에 무척 당황스러웠다.

어디 잘 사나 지켜보겠다고 선언한 지 12년이 넘었다. K는 여지껏 ESFP로 잘살고 있다는 소문이 들려온다. 내가 다시 INFP로 돌아올 수 있게 정체성을 바로잡을 수 있도록 도와준 K. 이제는 K에게 감사한 감정까지 든다. 아 참, 잘살고 있다는 소문은 날마다 침대 옆자리에서 드릉드릉하는 코골이로 확인할 수 있다. K와 만날 여자친구가 불쌍하다는 독한 말이, 결국 부메랑처럼 돌아올 줄이야.

ESFP로 건실히 살아가는 K는 과거보다 훨씬 더 성숙해졌다. K뿐 아니라 나도 마찬가지로 성숙의 열매를 만들어가는 중이다. 사람은 무수한 점처럼 많은 사람을 만나고, 헤어지고, 그러면서 살아간다. 나도 마찬가지로 무수한 점 가운데 ESFP인 K를 만났지만, 우리의 인연이 그때뿐이었더라면 과연 나는 성숙한 INFP로 나아갈 수 있었을까. 이렇게 생각하면 완전히 안 맞는 유형도, 완전히 꼭 들어맞는 유형도 없겠지 싶다. 어쨌거나 INFP로 살아가는데 ESFP는 좋은 사람이라고. 마음 가는 대로 흥겹게 살아가는 ESFP도 INFP와 맞을 수도 있다고. 그렇게 내 곁의 K를 보면서, 오늘의 성숙도를 헤아려본다.

그나저나 K는 내가 이런 질문을 할 때마다 여전히 도망다니기 바쁘다. K씨, 그때 나한테 왜 그러셨어요?

나의 X 남자친구에게

안녕, 지난날의 X야. 이 편지를 네가 읽을 수 있을는지는 나도 잘 모르겠네. 너는 책만 붙들고 있는 고리타분한 나와 달리, 너를 사랑해주는 다정한 사람들 속에서 어울리는 편을 더 좋아했으니 말이야. 그렇다고 할지라도 네게 다가가게 될 나의 편지가 따스한 우리의 추억처럼 느껴지길 바라.

너는 나를 유리잔 같다고 말했었지. 조금만 톡 건드려도 깨질 듯이, 쉽게 바스러질 듯한 모습이라고. 내 연약함을 감싸주고자 했던 그 감정이, 연민이 아니라 사랑이라고 해주어서 정말 고마워. 선뜻 발을 내딛기 어려운 관계임에도 마음의 길을 따라 우리가 이어질 수 있도록 해준 용기가, 나에겐 아주 큰 도움이 되었어. 사람을 믿을 수 있다는 마음이 처음으로 움트게 되었으니까 말이야. 유의미한 관계. 유의미한 사람.

　우리가 손을 잡았을 때 나는 설면하던 사랑의 세계를, 처음으로 만날 수 있게 되었어. 이것이 사람의 체온이라는 것을, 더불어 사람의 마음이라는 것을 최초로 느끼게 해준 사건. 사랑의 열정과 호기심, 흥미, 모든 요건이 부단한 노력과 맞물려 고백을 이루게 되었음을. 그리고 사랑은 결코 환상이 아닌 실체라는 것임을. 이러한 것들을 알려주어서 진심으로 고마워.

전혀 상관하지 않던 사람들이 서로를 상관하게 된다는 것은 꽤 복잡다단한 일이야. 그렇지? 내 마음이 경솔하게 드러나지 않고 느긋하게 움직이려 갖은 노력을 꾀했었지. 마음이 무모하게 나타나기보다는 서로의 인격과 개성이 너그러이 수용되는 방향으로 되기를 하는 바람이었으니까. 우리가 미숙한 서로에게 허우적거린 시간은 얼마나 되었을까. 물론 내가 말한 '시간'이라는 개념이 꼭 물리적인 시간만을 뜻하는 게 아님을 알고 있겠지? 나는 시절의 길고 짧음이 그것을 가늠하는 인간의 마음가짐에 달려있다고 생각하거든. 그 시간 속에서 유의미한 몸짓이었을지라도, 지금의 내가 되돌아보면 미성숙함을 오려 붙인 것만 같아 한없이 부끄럽고도 미안한 감정들만이 샘솟는다.

낭만과 환상의 낙차. 우리는 머지않아 그런 것들 앞에 설 수밖에 없었어. 우리는 더할 나위 없이 멀어지게 되었지. 네가 다가올수록 나는 네게서 멀어져야만 했어. 나의 사랑, 그것은 너를 위한 것이 아니었기 때문이야. 사랑의 향방이 또 다른 누군가에게로 향해야 하는 건지 나 자신도 의심스러웠건만, 여하튼 X 너에게만큼은 아니었던 것 같구나. 그래서 더욱 미안하다. 너는 나를 되찾으러 오겠다고, 그때에는 꼭 나의 X가 아니라 연인으로서 곁을 지키겠다고 말했었지. 촉촉한 목소리가 지금도 선명하다.

하지만 네 다정함은 내 것이 아니었어. 동상이몽의 바람이 실망의 줄기를 갈라놓기 전에 우리는 서로를 빠르게 놓아야 할 운명이었던 셈이지. 네가 부족함을 감추지 못한 표정으로 수줍게 꽃을 내밀었을 때 나는 무척 기뻤어. 한편으로는 이 꽃이 시들어버리면 내 변덕스러운 사랑도 함께 증발해버릴 거라는 미래도 직감하고 있었지. 아리따운 것은 근시안적인 것들이니까. 행여 네가 상처받지 않았으면 좋겠다는 바람이었지만, 네가 보여준 존중의 유연함은 되려 너를 더 아프게 했을 것만 같아. 차라리 모질게 뿌리쳐 버리지 그랬니.

착하고 사랑스러운 X야, 너는 어디에서 무슨 사랑을 하니? 종종 네 생각이 나. 너는 천진난만하고 귀여운, 나의 친구였잖니. 네가 행복하길 바라. 나의 결핍이 너의 밝음을 감당할 수 없음을 알면서도 너의 고백을 수용한 것은, 네 웃음에서 피어오르던 그 행복이 내 것인 양 느껴져서 그랬던 것이란다. 좋은 사람, 좋은 연인, 좋은 자녀까지. 너의 앞날에는 줄곧 밝음만이 존재하길 기도할게. 내가 너를 떠나고서 들려왔던 소식에, 네가 무척 슬퍼하고 낙심했다는 말들이 실려 왔지만, 그 이상으로 네 사랑을 감당해줄 너른 존재가 지금쯤 곁에 있으리라고 상상하고 있어. 우리를 이어주던 선들이 남는다면, 그것은 영혼의 성장에 장애가 되었을 거야.

쓸모없는 사랑의 짐 같은 건 짊어지지 말자. 고결함은 영원히 이루어지지 않을 테지. 지금 여기, 새로운 사랑을 하는 나에게 있어서는 사랑의 짐도 퍽 행복한 꾸러미 같구나. 우리 사이에선 이루어질 수 없었던, 서투름 속에 감춰진 사랑의 얼굴들. 너의 사랑에게는 이것들을 발견할 수 있길 바랄게. 영원으로 지속될 너의 사랑을 진심으로 응원해.

부디 행복해. 나 없이도 지금껏 살아온 날들처럼. 너의 앞날이 축복만으로 온통 차오르길 바랄게. 사랑했어, 나의 X야.

- 사랑 많은 X에게, 옛 연인 Y가.

귀여워서 INFP

나는 나밖에 모르는 사람이라 사랑의 방식이 무엇인지 잘 모르겠다. 무난했던 연애의 시절을 뒤로한 채 우리의 마음은 서서히 결혼으로 기울었다. 우리가 연애를 할 때도 있었던 특유의 평온함이 주변으로 하여금 결혼으로 부추기는 원인이 된 것도 같다. 아직 만난 지 한 달도 되지 않은 사이임에도, 한 몸과 한 가정을 이루는 결합이 자연스러운 걸로 보였나 보다. 누군가에게는 자칫 무례함이 될 수 있을 법한 오지랖이겠지만, 그런 말들이 나는 퍽 듣기 좋았다. ESFP의 남자와 함께 살아갈 날은 대체로 유쾌할 거라고, 막연하게 꿈꿔왔던 터였다. 실제로 연애 생활이 대체로 그러했으니 결혼도 마찬가지겠지 싶었다.

우리의 연애는 적정한 온도를 유지하는 편이었다. 뜨거운 애정이 넘치는 것보다 은근하게 곁에 앉아있는 온기를 선호했다. 존재의 묵직함이 서로를 휘어 감았다. 때때로 이어지는 열정들은 사랑의 외피보다는 긴 시간 속에 묵혀둔 마음의 표출들이었다. 우리는 안락한 사랑과 미래, 그리고 서로의 상처를 보듬어 줄 결혼이 필요했다.

그래도 사랑을 어떻게 해야 하는 건지, 이기적인 태도만을 견지하고 살아온 나로서는 결혼이라는 게 도통 납득할 수 없는 운명의 흐름으로 느껴져서 나는 그에게 결혼을 무르자고 말하기도, 아예 그만두자고 말하기도 했다. 그토록 놓아버리려 하던 이 관계가 절대로 포기할 수 없는 관계라는 걸 알았을 때는 그가 내 상처를 받아줄 그릇이 되어 주겠다고 한 말을 들었을 때였다.

귀엽고 작은 아내. 귀엽고 밝은 며느리. 부지기수의 감정을 덧대어 달려온 나에게, 이런 말들은 썩 어울리지 않았다. 나는 결혼을 하고서도 줄곧 울음을 터뜨렸다. 슬픈 기색을 감추지 못하고 노상 우울해 있는 신부를 반가워할 남편은 아무도 없었다. 나는 결혼을 했지만, 원가족에게 받은 상처까지 다 껴안고서 신혼의 자리를 잡았다.

독립하지 못한 어린 자아는 생채기를 억누르지 못해 종종 분노로, 괴성으로, 폭력으로 모습을 드러내기 마련이었다. 마치 『제인 에어』에서 다락방의 미친 여자, 버타를 떠올리면 딱이겠다. 나를 통제하지 못해 벌어지는 돌발 행동은 우리 관계를 급속도로 냉랭하게 만들었다. 그는 어찌할 줄 모르는 상황에서 홀로 고뇌하고, 나는 어리석음을 헤매며 더욱 내 속으로 파고 들어갔다. 나의 어둠이 우리를 집어삼킨 것이다.

"너는 상처가 많은 사람인 것 같아."

시어머니의 말을 듣고 나는 이제 짧지만 강렬했던 결혼 생활을 마무리해야 하나 싶었다. 그런데 이어지는 말은 놀랍게도 예상을 훨씬 빗나갔다.

"그래서 너를 더 사랑해주려고."

상처 준 사람을 보듬어 안는다는 것. 그것도 이제 막 가족이라는 이름으로 들어온 며느리를 감당할 수 있는 사람이란 말인가? 그런데도 나는 어머니의 말씀에 감사는커녕 당혹감만 느꼈다. 이런 나를 왜 좋다고 하시는 것일까. 혼란함이 클수록 이어진 나날들은 무탈하지 못했다. 거칠거칠한 일면이 내면에서 불쑥 튀어나와 가족들을 여러 차례 할퀴고 밀어냈다. 움츠러든 어둠이 그들을 향해 펼쳐질 때마다 그들의 마음은 희망으로부터 멀어지는 듯해 보였다.

나는 종종 결별을 꾀했고 은밀히 바라기도 했으며, 동시에 성실하게 상대방을 받아들여 갔다. 어색함과 생경함의 뒤로 비치는 내 이기심을 빈번하게 마주하고, 모진 행동과 언어들이 점차 희석되어 갔다. 후회는 늦지 않게 찾아왔다. 나는 기대가 사라진 숲에, 생명의 물을 길어 나르고 척박한 땅을 고르는 이들의 신비가 경이롭게 느껴졌다.

그들의 사랑은 대놓고 보상을 바라거나 다른 속내가 있는 종류와는 달랐다. 오로지 나로서 자유로이 존재하는 것. 그것뿐이었다. 나를 사로잡았던 과거의 불행으로부터 달아나 그들이 환대하는 사랑의 나라로 스며드는 것. 그런 것들만이 진정한 바람이었다. 나는 잔뜩 성난 과거에서 겨우 헤어 나올 수 있었다. 그리고 약간의 숨을 고르고 상처를 뱉었다. 조금씩. 아주 조금씩.

며칠 전 소품샵을 들러 머리핀 하나를 샀다. 내 것만 사게 되면 뭔가 아쉬울 것만 같아 다른 무늬로 하나 더 구입했다. 귀가 후 새 핀을 머리에 꽂고 가족들에게 자랑했다. 모두들 귀엽단다. 숨겨놨던 다른 핀을 꺼내 어머니께 깜짝 선물로 드렸다. 이 역시도 귀엽다는 반응이었다. 머리핀이 귀여운 것인지 아니면 나라는 사람이 귀여운 것인지 알 턱이 없지만, 여하튼 나를 귀여워해 주는 사람들이 있다는 데에 마음이 한껏 뭉클해진다. 우리가 우리이기 위해 보내온 숱한 나날들이 설령 순탄하지 못했더라도 지금, 우리는 서로를 아주 귀엽다고 봐줄 만큼이나 넉넉한 품을 지니고 있는 것이니.

"귀엽다. 그런데 이것도 한번 입어 볼래? 너한테 아주 귀여울 것 같아."

어머니는 안방으로 들어가 어디에선가 주섬주섬 옷을 꺼내오신다. 한 번도 입지 않았다면서 내 생각이 나 꺼내었다는 티셔츠. 그것을 입고서 거울 앞에 서니 불그죽죽하던 안색이 가라앉고 화사함이 돋아난다. 어머니는 연신 귀엽고 잘 어울린다며 흐뭇해하신다. 그녀의 웃는 얼굴을 바라보니 나의 귀여움이 한몫을 해낸 것만 같아 기쁘고 보람차다. 빼어난 미모가 아니더라도, 귀엽다는 건 우리에게 있어 꽤 다양한 역할을 수행하는 듯하다. 이전에 겪었던 층위들을 축소하고, 앙증맞고 사랑스러운 관계로서 다정하게 꽃피워간다. 귀엽다. 진심으로 듣기 좋은 말이다.

가을 낙엽 위로 몸을 기대어 휴식을 취하는 고양이들이 더러 눈에 띈다. 조심스러워 쉽게 다가갈 수 없지만 귀엽고 사랑스럽다. 우리 가족에게도 나는 이런 존재이려나. 귀엽지만 약간은 어렵고, 달리 보면 혼자만의 세계가 깊어 보이는 사람. 실생활에서는 강아지 집사를 자처하면서 본연의 빛깔은 고양이의 자세를 견지하고 있는 바가 스스로도 무척 재미있다. 고양이같이 귀여운 나.

그래요, 나는 INFP라고요.

웨딩드레스 대신 핑크 코트

타인과 같은 모습으로 내 인생을 장식하고 싶지 않다는 바람. 기어이 결혼식은 뒤죽박죽되어 버렸다. 하얀 웨딩드레스, 성대한 결혼행진곡, 작약꽃 부케, 핑크빛 버진로드. 결혼식의 대미를 장식할 공개 키스신까지도. 내 결혼생활에 있어 그것들은 '갖추어야 하는 형식'의 일부로 보였다. 누군가에게는 꿈이 될 수 있는 것들이지만 나에게는 조금도 취하고 싶지 않은 모습들이었다. 미래가 어떻든지 간에 현재의 결혼을 기념하는 순간을 타인의 기준으로 채우고 싶지 않았다. 단출한 삶. 담백한 결. 낯모를 이들까지 섞인 우후

죽순의 갈채가 아니라 우리의 사랑만이 진정한 주인공이 되는, 그런 결혼식을 바랐다. 기대감보다는 부담감으로 결혼하고 싶지 않았기에, 나는 과감하게 웨딩드레스를 버렸다. 그리곤 핑크빛 코트를 집어 계산대 위에 올렸다.

크리스마스. 예수의 탄생을 기념하는 날이기도 하고, 동시에 우리 가정이 탄생한 날이기도 하다. 작은 예배당 속에서 우리는 성혼을 선포하고 서로의 손을 맞잡았다. 핑크코트와 파란 슈트. 세상에 두 번 다시 존재하지 않을 법한, 이 독특한 결혼식을 예고할 때마다 어른들은 걱정 어린 투로 말을 붙였다. 그래도 결혼식 기분은 내야 하지 않겠느냐고. 나는 진지하게 생각해봐도 결혼과 새 가정에 대한 '빚'보다는 '빛'이 가득한 편이 더 좋았다고 일축하곤 했다. 어른들은 늘 아쉬워하신다. 우리를 진심으로 사랑해주시기 때문이어서다. 아쉬움 없이 결연한 눈빛은, 그들의 염려와 안쓰러움을 INFP의 독특성과 신비로움으로 인도한다. 이내 그들은 아쉬움을 거둔 채 고개를 주억거린다. 쟤는 정말 진심이로구나.

굴곡의 시절이 지나고 10년. 우리는 새로운 결혼식을 계획 중이다. 우리의 매력과 반짝임이 돋보이는 결혼식으로. 가족들은 이번만큼은 핑크 코트 대신에 웨딩드레스를 입으라고 아우성이다. '세상은 너의 상상에 맡겨져 있지'라는 메리 올리버의 시처럼, 결혼식에서 웨딩드레스를 입는다 한들, 그 드레스는 내가 상상하는 바대로 무궁무진한 혹은 기발한 것으로 툭 튀어나오리라 기대해본다.

봄날의 따스한 햇살이 부서지듯 연한 복숭앗빛의 미니 드레스나 고혹스러운 검정 실크 드레스에 진주 장식을 얹는 것도 좋겠다. 아니면 영화 〈제5원소〉의 주인공 리루처럼 머리를 붉게 물들이고 과감한 노출을 선보이는 것은 어떨까? 갖은 상상이 펼쳐진다. 부디 내 아이디어가 가족들의 만장일치로 승낙되기를!

한편 드레스를 입지 않았다고 해서 우리가 결혼식을 하지 않은 것은 아니다. 다만 우리의 방식이 너그러운 이들에게 찬사를 받은 독특한 문화였을 따름이다. 심지어 우리는 결혼반지도 맞추지 않았는데, 훗날 이 사실을 알게 된 시어머니께서 제발 보관만이라도 하라고 따로 선물해주시기까지 했다. 이런 털털함의 극치여. 반지에 대해서는 나도 할 말이 많다. 내가 워낙 악세서리를 거추장스러워하는 편인데다가 연애 시절에는 커플링을 무려 세 번이나 잃어버렸기로, 두 번 다시 우리 사이를 증표로 하는 악세서리를 만들지 말 것을 맹세했기 때문이었다. 다이아몬드 결혼반지를 끼고 돌아다니다가는 이틀 안으로 공중화장실 세면대 옆에 두고 올 가능성이 크다.

평소 화장을 하지 않고 선크림만 착착 옅게 바르는 편이라 결혼식 당일에도 낭패를 겪을 뻔했다. 결혼식을 올려야 할 신부가 무려 생얼로 등장하다니! 나의 맨송맨송한 낯짝을 보고서 놀란 어머니의 손에 이끌려 동네 미용실에서 긴급 메이크업을 받은 것도 꽤 재미난 추억이다. 결혼식이 끝나고 나서 결혼 기념으로 가족사진을 찍으러 수원역에 있는 사진관을 방문한 것도 재미있었다.

크리스마스라며 우정 기념사진 촬영을 하러 온 중고등학생들 사이에 줄을 서서 식솔들이 멀뚱멀뚱 기다리는 모습이란. 어린 손님들이 저만치서 구경하는 가운데 우리는 열심히 다정한 포즈를 취했더랬다. 사진을 다 찍고 집에 돌아왔을 때는 춥고, 배고프고, 피곤했다. 우리는 잘장면과 탕수육을 시켜 먹었다. 결혼식 피로연이었다. 다 먹고 나서는 너무 졸린 나머지 강아지를 껴안고 곤히 잠들어 버렸다. 우리의 첫날밤이었다. 허니문의 낭만보다 집순이의 안락함과 애정하는 강아지와의 단잠이 더 달콤하고 안락했다. 나에게 있어 낭만이란 인위적으로 직조해내는 추억이 아니라 삶에서 자연스럽게 벌어지는, 인생에서 동고동락하며 생동하는 일보였다.

나는 언제까지나 하이퀄리티의 결혼식을 추구한다. 이 모습이 일상적인 상상력으로 빚어낸 것과는 차이점이 있을 지언정 우리의 사랑만큼이나 충분히 눈부신 것이라고 믿는다. 우리가 걸어온 결혼의 시간이 행복으로 단단해진 것처럼, 곧 다가올 우리의 리마인드 웨딩은 반드시 기쁘고 동시에 감사하리라.

　　빛의 고동으로 퍼져나가는 결혼식 종소리가 나와 그의 앞날 위로 울린다.

다른 사람에게 너무 의존하지 말자

B는 자주 눈물을 보였다. 처음에는 그녀가 가녀린 감정선을 가져서 그런 것이라 여겼다. B의 코가 빨개지도록 울음을 토해냈던 날, 나는 차마 아무 말도 꺼낼 수 없었다. 피상적인 위로 따위가 그녀에게 무슨 도움이 될는지 싶어서였다. 그녀에게는 가벼운 응원보다는 전반적인 삶의 체질을 변화시켜야 할 필요성이 보였다. B는 인생의 불안과 권태를 동시에 견디고 있었다.

B는 갓 스물이 되면서 자신에게 부과된 성인의 짐을 다 풀어헤치지 못했다. B의 부모님은 지나치리만큼 딸의 안위를 걱정했다. 그녀는 몇 시간 단위로 자신이 무엇을 하고 있는지 보고하는 메시지를 보냈다. 그 끝은 항상 사랑한다는 말이 맺혀 있었다. 나는 이런 태도를 이해하지 못했지만, B는 그것이 일생 반복해온 삶의 한 자락이었으므로 문제가 있다는 것을 전혀 의심하지 못했다.

B를 만난 것은 신입생 오리엔테이션 때였다. B는 씩씩하고 쾌활했다. 동시에 바늘만큼의 작은 자극에도 쉽사리 눈망울이 붉게 흐려지는 사람이었다. 그런 B의 감수성을 나는 높이 평가했고, 그녀의 독특한 매력에 빠져들었다. B가 자기감정에 솔직한 사람이라고 생각하며 그녀의 정서를 온전히 수용했다. B의 불건강한 점 역시 그녀를 이루고 있는 하나의 요소일 것이라 가볍게 생각했다. 살다 보면 이런 사람 저런 사람이 있기 마련이니 말이다.

B의 상황이 심각하다고 판단하게 된 것은 그를 알게 된지 한 달가량이 넘어가면서부터였다. B는 특유의 밝음으로 주변의 사람들을 사로잡았다. 복도를 걸을 때마다 여기저기 그녀의 웃음소리를 자주 들을 수 있었다. 붉은 달리아. 달리아와 같이 그녀는 열정적인 존재였다. 어둠의 기색도 그녀를 가벼이 넘겨버릴 만큼이나 B의 존재는 압도적이었다. 하지만 그녀의 문제는 영혼 깊숙한 데서부터 점차 곪아가고 있었다.

　　어쩌다 B를 만날 때마다 B는 쓸쓸한 표정을 보이곤 했다. 무슨 일이 있느냐고 물었지만, 집에 가벼운 일이 있다고 말할 뿐이었다. 낯빛은 전혀 가볍지 못했다. B와 나는 8살이라는 차이가 있었기에, 같은 질문을 반복한다면 추궁하는 것처럼 보일까 봐 애써 여러 말들을 삼켜야만 했다. 이 와중에도 B의 어머니는 딸에게 연락의 끈을 놓지 않았다. B는 대화 도중에도 대답을 요구하는 문자를 받았으며, 나에게 말을 거는 동시에, 혹은 내 말을 듣는 동시에 답장을 보내는 모습을 보여왔다.

그리고 B가 다시금 울음을 터뜨린 것을 포착했다. 빈 강의실에서 그녀는 무너져 있었다. 복도의 작은 창문으로 안쪽을 들여다보고선 그녀에게 들어가야 할까 하고 망설이다가 가만히 돌아섰다. 나의 얕은 말들은 어떤 희망도 주지 못할 터였다. 곧 B의 핸드폰 벨 소리가 울렸다. 그리고 전화를 받는 B의 목소리가 들렸다. 나 좀 내버려 두세요. 나도 어른이잖아요. 답답해요. 얼마간의 침묵이 흐르고서야 이어지는 말. 사랑해요, 엄마.

"언니, 저 남자친구 생겼어요."

여름방학이 끝나고 별안간 B는 남자친구가 생겼다고 고백했다. 부모의 통제안에 있었던 B에게 이성 교제가 허락된 것은 기념비적인 일이었다. 그녀는 잔뜩 흥분하며 그 남자에 대해 구체적 진술을 떠들어댔다. 부모에게 억압된 감정을, 그를 통해서 비로소 해방할 수 있었노라고. 그녀는 일거수일투족을 부모에게 보고해야 하는 상황이 끔찍하다고 덧붙였다. 그녀의 부모는 그녀를 아직 성인으로 여기지 못할뿐더러 전혀 놓아줄 가닥이 없는 사람들이었다. 더러 애정이 보이는 도시락, 용돈 등이 눈에 띄었지만. 부모의 억압에 놓였던 과거와는 달리, B의 변화는 매우 고무적인 것이었다.

그해 여름. 그녀는 인생을 수놓을 달콤한 로맨스를 가졌다. 부모의 간섭이나 분노에도 B의 불타는 사랑은 모든 위협 요소를 덮어 버릴 정도로 힘 있는 것이었다. 그녀의 얼굴은 화사해졌고, 신입생 때 다소 촌스러웠던 그녀의 메이크업도 농익은 기술을 덧대어 업그레이드되었다. 차가운 바람이 다가오던 2학기 말 무렵에는 환골탈태라는 말이 어울릴 만큼이나 B는 확연히 달라져 있었다. 그것이 B가 가끔 설토하는 사랑의 힘이라는 건가. B는 그에게서 일종의 해방감을 느낀다고 말했다. B의 행복을 바라보며 집요하게 연락하고 B의 행적을 감시하던 부모가 생각나 조금은 걱정되었다. 그렇더라도 이런 과정은 누구나가 다 한 번쯤 겪게 되는, 부모와의 이별 연습이라고 여겼다. 아마도 B라면 일련의 문제들을 슬기롭게 헤쳐 나갈 수 있겠지.

이듬해 초 나는 학교를 졸업했다. 언니, 하고 따르던 그녀는 이제 어느 정도의 시간과 비용, 그리고 에너지를 들여야만 만날 수 있는 관계가 되었다. 우리는 헤어진 이후에도 종종 연락하거나 만나자고 했지만 실제로 이어지진 못했다. 물리적인 조건은 마음보다 더 강한 것들을 희생해야만 하는 부담을 주었다. 그래도 B는 잊을 만하면 카톡을 보냈다. 남자친구라는 존재로 인해 부모와 잦은 다툼을 벌이던 터라 핸드폰을 압수당하기도 했는데, 성적향상이나 데이트 횟수의 감소 등을 조건으로 내세워 겨우 회수 받았다는 것. 그래서 이제야 나에게 연락을 건넬 수 있었다는 것. 이러저러한 까닭들이 덧붙여지면서 종래에는 "잘 지내시죠?"라는 말을 꺼냈다.

그 사이 B의 남자친구는 그녀와의 관계에서 위태로움을 보이고 있었다. B에게 물리적인 폭력을 행사하지는 않았지만 때때로 분노를 조절하지 못해 심한 언행을 보이거나 그도 아니면 주변의 물건을 부수는 등의 파괴적인 행동을 보였다고 한다. 나는 그녀에게 당장 헤어질 것을 종용했지만 B는 그가 자신을 애틋하게 사랑하기 때문에 손찌검을 하지는 않았다고 말했다. 나의 다급함과 대조되는 태도에 도리어 내가 더 분통이 터졌다. B야 헤어져. 언니 아니에요, 그는 저를 사랑하고 있어요. 그는 매우 착한 사람이에요. 물건을 던졌어도 나에게는 안 던진걸요. 벽을 향해 던졌을 뿐. B야, 제발. 제발.

[나는 다른 사람에게 의존하기 싫었어요. 부모님이 나를 얼마나 숨 막히게 하는지 아마 언니는 상상하기 힘들 거예요. 특히 엄마한테 몇 번씩이나 내가 뭘 하고 있는지 모든 것을 보고해야만 했어요. 나는……. 엄마처럼 되기 싫었어요.]

나는 설득을 멈추지 않았다. 결론이 나지 않는 문답의 설왕설래가 이어졌다. B와 통화하며 언성이 높아질 때도 있었고 마음이 침잠하는 때도 있었다. 솔직히 진이 빠지는 일이었다. 이런 것들이 몇 차례 반복되면서 내 언어들의 태도가 바뀌었다. 어느 순간부터 B는 답장을 보내는 시기가 느릿해졌다. 나의 행태들이 B의 누군가들과 겹쳐 보였으리라. 계절이 한 차례 더 무르익어가면서 B의 연락이 끊겼다.

이직과 업무 적응의 시기로 분주해지면서 B의 존재가 흐릿해질 무렵 낯선 번호로부터 부재중 전화가 와 있었다. 나는 사무실을 나와 그 번호로 전화를 걸었다. 수화기 너머로 들리는 목소리의 정체는 바로 B였다. 알고 있던 번호가 아닌지라 B의 신변에 무슨 이상이라도 있는지 물었다. B는 부모의 손에 핸드폰이 박살 나버렸다고 말했다. 그녀는 더 듬거리며 꺼내던 말을 울음과 함께 삼켰다. 나는 어떠한 말도 꺼내지 못했다. 잠깐의 정적이 흐르고 나자 B가 목소리를 가다듬었다. 그 사이 B는 불꽃 같았던 사랑을 마무리 지었다. 잦아진 딸의 외출을 고깝게 여겼던 부모의 압박, 더욱 빈번해진 부모의 연락, 집착이 가중될수록 히스테릭해지는 B. 견디다 못한 B는 어느 날 그와 사소한 다툼을 벌였다. 그리고 처음으로 뺨을 맞았다. 이후로도 B는 몇 차례 더 볼에 빨간 자국과 멍을 만들어야만 했다. B는 그에게서 달아나듯 헤어졌다. 이런 B에게도 새로운 사랑이 다가왔다. 그는 B의 상처 입은 영혼을 다정하게 감싸주었다. 그의 존재가 B 안에 커질수록 B는 그에게 의지하게 되었다. 기어이 그녀는 일을 벌였다.

[언니, 저 가출했어요. 지금 그이랑 같이 살아요.]

[뭐? 가출했다고? 너 지금 어딘데?]

[부산이에요. 자세한 위치는 말해줄 수 없어요. 아직 살림 차릴 형편이 아니어서 고시원에서 사는 중이거든요. 지금은 고시원 옥상이에요.]

[갑자기 왜 가출한 거야?]

B의 가출 사건에 당황한 나머지 쥐고 있던 핸드폰을 떨어뜨렸다. 액정에 날카로운 금이 갔다. B의 마음에 일었던 수많은 파장만큼이나 촘촘한 것들이 갈라져 있었다.

[언니, 다른 사람한테 의존하기 싫다고 전에 말했었죠? 그래서 가출했어요. 이젠 내 삶을 살려고요. 엄마 아빠가 나에게 집착하는 만큼 나는 누군가에게 의존하는 삶을 살기 싫었어요. 언니를 만나면서 여러 번 생각했어요. 언니도 저만큼 부모님께 힘들게 잡혀 살았다면서요. 저, 고시원에서 시작한 동거지만 다음 달에는 혼인신고서도 작성하기로 했어요. 그이랑 새로운 인생을 살 거예요.]

나는 있는 힘껏 말렸다. 다시 생각해보자고. 지금쯤 부모님도 생각이 많으실 테니 다시 돌아가 가족 상담이라도 받으면서 화해를 이루자고. 그러나 그녀는 단호했다. 이미 정해진 답은 있었다. B는 자신과 그를 닮은 아이를 낳고 싶어 했다. B는 앞으로 펼쳐질 보석 같은 미래를 떠들었다. B의 환상에 잠시 머물면서 나는 얼굴도 모르는 B의 부모들이 보였다. 그들은 B와 하얗고 가느다란 끈으로 이어져 있었다. 끈의 끝자락에는 서로의 심장이 연결되어 있었다. 그들의 독립은 과연 온전한 것인가.

부모가 연애에 간섭하는 것이 싫어서 달아나 버린 B를, 두 번 다시 만날 수 없었다. 지인의 말로는 B는 긴 공백으로 인해 학교에서 제적 처리를 했다고 들었다. 한편으로는 그녀가 고시원 생활을 하면서 크게 밥벌이를 하지 않는다고도 했다. 얼마 전에 B를 만난 지인 하나는 그녀가 너무 비대해져서 정상인의 보폭으로 걷는 일조차도 힘겨워, 자리에 털썩 주저앉고 헉헉거리기까지 했다고 말했다. 그녀는 과체중을 넘어 비만으로 진행되면서부터 간단한 아르바이트도 할 수 없었다. 제적당한 학벌이라든지 변변찮은 단기 알바 경력이 전부인 데다가 자격증 하나 없이 맨몸으로 사회에 나와 할 수 있는 일은 별로 없었다. 마음이 여리디여린 B는 냉랭한 현실을 겪어나가며 수없이 울었을 것이다. 내 앞에서 울었던 것 이상으로.

남편 역할을 도맡아 하는 남자친구도 상황은 마찬가지였다. 가장의 역할을 다하기엔 그 역시 누군가의 도움이 필요한 사람이었다. 아무 일도 할 수 없는 상황에서 B는 컵라면으로 하루의 끼니를 나눠 먹었다. B는 남자친구에게 경제력을 온전히 의존해야 했다. B의 남자친구는 낮에는 배달 오토바이를 타고 밤에는 대리기사 운전일을 뛰었다. 새벽에는 물류회사에서 택배 상하차 일을 했다. B는 몸집이 점점 커지면서 남자친구는 그녀가 버거워지기 시작했다. B의 사랑은 여전했지만, 가난에 있어서 불평하는 마음이 늘어갔다. B의 남자친구도 마찬가지로 불만족스러움이 커지고 있었다.

이때쯤 나는 다시 B의 소식을 들었다. B가 유튜브에 나왔다는 얘기를 들었다. 고민 상담 프로그램에서 남자친구와 함께 나왔다는 것이었다. 나는 얼른 해당 영상을 찾았다. 정말이었다. 내 기억에 있던 모습보다 더 둔해진 움직임으로 게스트석에 앉기 위해 뒤뚱이며 걸어오는 B. 어쩐지 B의 모습이 처량해 보였다. 내가 알던 B의 모습과는 딴판이었다. B는 남편과의 관계에 고민이 있다고 하소연했다. 그새 남자친구에서 남편으로 신분이 바뀐 모양이었다. 남편은 종일 게임만 했고 부부관계도 소홀히 했다. 식어 빠진 애정으로는 결혼생활을 지속하기가 쉽지 않다며 울음을 터뜨렸다. B는 인생의 상당 부분을, 아니 전체를 남편에게 기대고 있었다.

동시에 그녀에게 쏟아진 질문에 있어서는 왜곡된 대답이 덧칠되었다. B가 신경질적으로 부모와 대립하던 통화를 할 때마다 나는 종종 곁을 지켜주었다. 그들의 집착도, 염려도, 그리고 B의 불안정감과 저항도 물론 알고 있었다. 그런 내게 B의 가출 소식은 충격과 안쓰러움의 폭발 같았다. 그녀는 모든 원인이 부모에게 달려 있다고 울분을 토했다. 자신에게 의존하려고만 하던 부모에게서 달아났지만, 심리적으로는 여전히 그들에게 묶여서, 그녀의 마음은 늪 속에 가라앉아 있었다. 그녀는 부모가 했던 일들, 남편이 자신에게 서운하게 대했던 일들을 토로했다. B의 구덩이는 어디까지 깊어져 있는 것인가. 그토록 독립을 갈망하던 B는 의존의 관성을 피하지 못해 재차 비극의 중심점에 놓여버리게 되었다. 나는 B의 생기 잃은 눈동자와 작은 멍 자국들을 관찰했다. 영혼의 한쪽에 침식이 일어난다. B에게서 쇠락하는 애착을 마주했다.

문득 예전에 했던 대화들이 기억난다. 그로부터 덧칠되는 나의 목소리도 울린다.

"언니, 요즘에 MBTI가 유행이라는데 해봤어요?"

"아니. 그런 거 잘 안 믿어."

"에이 고리타분하긴. 저는 INFP 나왔어요."

"그게 뭔데?"

"좀 예술적이고 독립적인, 그런 타입이래요. 저랑 잘 맞는 거 같아요?"

"응. 그런 것 같기도 하고 아닌 것 같기도 하고."

"왜 그렇게 생각하셨어요?"

"B야, 너는 네가 생각하는 것보다 더 외로움을 타는 것 같아. 네가 아무리 아니라고 해도. 언제나 사랑을 바라면서 그걸 향해 모든 걸 다 버리고 떠나는 여행자 같아. 사랑의 방랑이 어느 순간 끝날지라도 너는 끊임없이 사랑을 추구할 거야. 그게 INFP의 특징과 닿아있다면 너는 완벽한 그 타입이겠지.

B야, 너에게서 나의 과거를 자주 만날 때가 있었어. 그래서 내가 너를 더욱 아끼고 좋아했나 봐. 이런 나도 INFP 일까? 결이 다른 상황을 만날 때도 있었지만, 나는 너의 고독함을 기꺼이 아끼고 사랑해. 그러니 부디 먼 곳에서만 사랑을 찾지 않았으면 좋겠어.

안개 같은 사람들에게 너무 의존하지 말고, 네 안에 있는 자그마한 다정함으로 우뚝 서길 바라.

너는 매력적이고 사랑스러운 사람이니까. 그게 바로 내가 좋아하는 B, 본연의 모습이야. 사랑해 B야. 네가 어느 곳에 있든지 간에 너를 응원할게. 네 안의 깊은 사랑이 단단해질 때쯤 그것으로 인해 자신을 충분히 사랑할 수 있는 존재가 되었으면 싶어. 부디 잘 살아."

나는 눈의 보라색을 보았지.
눈과 눈 사이에 모난 구멍 속에서
하늘의 눈물이 점점 흘러나올 때.
순식간에 울음은 식어가고
달뜬 아이들의 눈사람만 웃었지.

에필로그

이상으로 INFP에 관한 이야기를 썼지만 모든 INFP들을 대변할 수 없음을 밝힌다. 이 글을 쓰는 동안에도 두려움과 무기력함에 저항하는 힘으로 키보드를 두드리고 있다. 하나의 유형이 개개인의 생각과 경험을 전부 다 설명해주지 않는다. 그러기에 수많은 INFP라는 사람들 중 나는 이런 사람이라고, 그래서 이런 글을 썼노라고 밝히고 싶다. 물론 에니어그램 9W8, 성본에다가 MBTI는 INFP-T, 우울질 기질로서 겪는 인생의 경험들과 생각은 더 복잡하다.

이 글이 세상 밖으로 나오기까지 약 일 년여의 세월이 흘렀다. 어떤 이는 원고를 개작해서 다른 장르로 전환하라는 말을 했고, 또 다른 이는 글의 색채가 너무 어두우니 판매를 생각하려면 이런 식으로 글을 쓰지 말라고도 했다. 가시 같은 말들이 이 글의 기로를 여러 차례 꺾으려 노력했다. 그래도 글을 계속 쓰게 된 것은 본문의 말과 같이, '쓰지 않으면 견디지 못하는' 운명을 업으로 삼은 자이기 때문이다. 참으로 많은 좌절을 했고 낙망했으나, 동시에 완고라는 기쁨의 소산을 얻었다. 어쨌거나 나는 INFP로서 계속 쓸 것이며, 즐거움과 슬픔 앞에서 자유롭게 나를 드러내며 살 것이다. 나는 쓰는 삶을 살 것이다.

한없이 어둡고 한없이 밝으며, 자신만의 세상을 어떻게든 펼쳐 나가려 부단히 노력하는 INFP들을 응원한다. 귀여운 당신들이 온 세상을 다정하게 만든다. 꼭 유형에 국한되지 않더라도 당신의 소중함이 이 세상의 어둠을 밝히는 불이 되었으면 한다. 당신으로 인해, 내가 살 수 있으니. 🐾

귀여워서 INFP

2023년 9월 21일 치매극복의 날, 1판 1쇄 발행

2024년 7월 15일 초복, 1판 2쇄 발행

지은이 / 양단우

펴낸 곳 / 디디북스(디디컴퍼니)

출판등록 / 제2021-000112호

전자우편 / didicompany.kr@gmail.com

인스타그램 / @didi_company_books (디디북스)

ISBN / 979-11-978198-4-1 (03810)